Abu -lala Mahari

Avetik Isahakyan

ԱԲՈՒ-ԼԱԼԱ ՄԱՀԱՐԻ

ԱՎԵՏԻՔ ԻՍԱՀԱԿՅԱՆ

Abu -lala Mahari

Copyright © 2016, Indo-European Publishing

Contact:

IndoEuropeanPublishing@gmail.com

ISNB: 978-1-60444-838-2

ԱԲՈՒ-ԼԱԼԱ ՄԱՀԱՐԻ

© Հնդեվրոպական Հրատարակչություն, 2016

Հրատարակված է Ամերիկայի Միացյալ Նահանգներում:

Կապ՝

IndoEuropeanPublishing@gmail.com

ISNB: 978-1-60444-838-2

ԱԲՈՒ – ԼԱԼԱ ՄԱՀԱՐԻ

Աբու-Լալա Մահարին,
Հռչակավոր բանաստեղծը Բաղդադի,
Տասնյակ տարիներ ապրեց
Խալիֆաների հոյակապ քաղաքում,
Ապրեց փառքի և վայելքի մեջ,
Հզորների և մեծատուների հետ սեղան նստեց,
Գիտունների և իմաստունների հետ վեճի մտավ,
Սիրեց և փորձեց ընկերներին,
Եղավ ուրիշ-ուրիշ ազգերի հայրենիքներում,
Տեսավ և դիտեց մարդկանց և օրենքները:
Եվ նրա խորաթափանց ոգին ճանաչեց մարդուն,
Ճանաչեց և խորագին ատեց մարդուն
Եվ նրա օրենքները:

Եվ որովհետև չուներ կին և երեխաներ,
Բոլոր իր հարստությունը բաժանեց աղքատներին,
Առավ իր ուղտերի փոքրիկ քարավանը՝ պաշարով ու պարենով,
Եվ մի գիշեր, երբ Բաղդադը քուն էր մտել
Տիգրիսի նոճիածածկ ափերի վրա, —
Գաղտնի հեռացավ քաղաքից...

ԱՌԱՋԻՆ ՍՈՒՐԱՀ

Եվ քարավանը Աբու-Լալայի՝ աղբյուրի նման մեղմ կարկաչելով՝
Քայլում էր հանգիստ, նիրհած գիշերով, հնչուն զանգերի անուշ ղողանջով:

Հավասար քայլով չափում էր ճամփան այն քարավանը ոլոր ու մոլոր,

Եվ ղողանջները ծորում քաղցրալուր՝ ողողում էին դաշտերը անդորր:

Մեղկ փափկության մեջ Բաղդադն էր նիրհում ջեննաթի շքեղ, վառ երազներով,
Գյուլստաններում բլբուլն էր երգում գազելներն անուշ՝ սիրո արցունքով:

Շատրվանները քրքջում էին պայծառ ծիծաղով ադամանդեղեն,
Բույր ու համբույր էր խնկարկվում չորս կողմ խալիֆների քյոշքից լուսեղեն:

Գոհար աստղերի քարավանները թափառում էին երկնի ճամփեքով,
Եվ ղողանջում էր ողջ երկինքն անհուն՝ աստղերի շքեղ, անշեջ դաշնակով:

Մեխակի բույրով հովն էր շշնջում հեքիաթներն հազար ու մի գիշերվա,
Արմավն ու նռճին անուշ քնի մեջ օրորվում էին ճամփեքի վրա:

Եվ քարավանը՝ օրոր ու շորոր, զնգում էր առաջ ու ետ չէր նայում.
Անհայտ ուղին էր Աբու-Լալային բյուր հրապույրով կանչում, փայփայում:

—Գնա, միշտ գնա, իմ քարավանս, և քայլիր մինչև օրերիս վերջը:
Այսպես էր խոսում իր սրտի խորքում Աբու Մահարին Մահարին, մեծ բանաստեղծը:

Գնա՛ մենավոր վայրերը թափուր, ազատ, կույս և սուրբ զմրուխտյա հեռուն,
Դեպի արևը սլացիր անդուլ, և սիրտս այրիր արևի սրտում:

Ախ, մնաք բարև չեմ ասում ես ձեզ, իմ հոր գերեզման, օրոցք մայրական,

Իմ հոգին հավերժ խռով է ձեզ հետ, հայրենական հարկ, հուշեր մանկական:

Ես շատ սիրեցի իմ ընկերներին, և բոլոր մարդկանց մոտիկ ու հեռու,
Իժ դարձավ խայթող իմ սերը հիմա, թույն-ատելությամբ սիրտըս է եռում:

Ատում եմ, ինչ որ սիրել եմ առաջ, ինչ որ տեսել եմ մարդկային հոգում,
Մարդկային հոգում՝ զազիր ու նանիր՝ համրել եմ հազար զարշանք ու նողկում:

Բայց ամենից շատ ատում եմ հազար ու մեկերորդը - կեղծիքը հոգու,
Որ զարդարում է անմեղ սրբերի լուսապսակով երեսը մարդու:

Մարդկային լեզու, դու, որ երկնային բույրով ու թույրով, շղարշով պայծառ
Ծածկում ես մարդու դժոխքը հոգու, ոգե՞լ ես արդյոք ճշմարիտ մի բառ:

Իմ սեգ քարավան, գնա, մխրճվիր անապատի մեջ՝ վայրի ու բոցոտ,
Եվ իջևանիր այն պղնձացած, շեկ ժայռերի տակ, գազանների մոտ:

Խփեմ վրանըս, օձ-կարիճների բըների գլխին վրանըս խփեմ,
Այնտեղ բյուր անգամ ես ապահով եմ, քան թե մարդկանց մոտ, կեղծ ու ժպտաղեմ:

Քան ընկերի մոտ, ախ, որի կրծքին դնում էի ես գլուխըս սիրով,
Կուրծքը ընկերի, որ շղարշում է անդարձ կորստի անդունդը ստով:

Այնքան ժամանակ, որքան արևը կայրե Սինայի սնարները վես
Եվ անապատի դեղին շեղջերը հորձանքներ կտան ալիքների պես,

Ես չեմ կամենա ողջունել մարդկանց, նրանց սեղանից պատառ չեմ կտրի,
Գազանների մոտ հացի կնստեմ, ողջույնը կառնեմ բորենիների:

Եվ գազանները թող ինձ հոշոտեն, վայրագ հողմերը շաչեն ինձ վրա,
Եվ այսպես, մինչև օրերիս վերջը, քարավանս անդարձ, գնա ու գնա… —

Եվ վերջին անգամ Աբու Մահարին ետ դարձավ նայեց նիրհած Բաղդադին,
Գարշանքով շրջեց ճակատը կնճռոտ և փարվեց ուղտի թավ պարանոցին:

Միրով գուրգուրեց, ջերմ շրթունքներով համբուրեց ուղտի աչքերը վճիտ,
Եվ թարթիչներից նրա կախվեցին անզուսպ արցունքի երկու այրող շիթ:

Անուշ մրմունջով, նիրհած դաշտերով մեղմ օրորվում էր ձիգ քարավանը,
Գնում էր առաջ, դեպի անապատ, անհայտ ափերը, կույս-հեռաստանը:

ԵՐԿՐՈՐԴ ՍՈՒՐԱՀ

Եվ ոլորվում էր այն քարավանը սեգ արմավների շարքերի միջով,
Փոշի էր հանում, — փոշու քարավան, որ վարում էր լուռ՝ խորշակն հուր շնչով:

— Քայլիր, քարավան, ի՞նչ ենք թողել մենք, որ կարոտանքով ցանկանք մեր դարձը, —
Այսպես էր խոսում իրեն սրտի հետ Աբու Մահարին, մեծ բանաստեղծը:

Թողել ենք այնտեղ կի՞ն-աստվածային, սե՞ր-երջանկություն, անհուն երազա՞նք. —

Քայլիր, կանգ մի առ, թողել ենք միայն շղթա ու կապանք, կեղծիք ու պատրանք:

Եվ կինն ի՞նչ է որ… խորամանկ, խաբող, առնախանձ մի սարդ, հավերժ նանրամիտ,
Որ հացդ է սիրում, համբույրի մեջ սուտ և քո գրկի մեջ գրկում ուրիշին:

Խարխուլ մակույկով հանձնվիր ծովին, քան թե հավատա կնոջ երդումին,
Նա՝ կավատ, վարար, մի չքնաղ դժոխք, նրա բերանով Իբլիսն է խոսում:

Դու երազել ես աստղը հեռավոր, հրեշտակաթև շուշանն ըսպիտակ,
Որ քո վերքերին բալասան լինի, ոսկեշող երազ կյանքի ցավի տակ:

Դու տենչացել ես լույս - ափերի մեջ քեզ իրեն կանչող աղբյուրի երգին,
Եվ անմահության ցողն ես երազել և անուշ լացել երկնային կրծքին:

Բայց սերը կնոջ՝ տռչորված հոգուդ, աղ-ջուր է տալիս, որ միշտ ծարավնաս,
Հուր տարփանքի մեջ հաղթական կնոջ մարմինը լիզես և չըհագենաս:

Ո՜հ, կնոջ մարմի՛ն, պագշոտ, օձեղեն, դիվական անոթ ոճիրների չար,
Դու, որ մեղեն դառն հաճույքով արևը հոգու դարձնում ես խավար:

Ատում եմ սերը՝ մահու պես անգութ, հավիտյան այրող, խոցող գաղտնաբար,
Այդ քաղցր թույնը, որով արբողը ստրուկ է դառնում և կամ բռնակալ:

Ո՛վ սեր, բնության դու խոշտանգիչ կամք, նենգ ու դավադիր ոգի աննահանջ,
Դո՛ւ, թոհուբոհի ընդերք մոլեգնած, արյուն ցավատանջ, արյան մղձավանջ:

Ատում եմ կնոջ՝ տարերքը կրքի, միշտ բեղմնավորող եղեռնը անսանձ,
Աղբյուրն անսպառ, որ կուտակում է աշխարհի վրա տիղմը չարության:

Ատում եմ նորից սերն ու կնոջը, իր համբույրները շողոմ ու դժնյա,
Փախչում եմ նրա ճահիճ-մահիճից, և անիծում եմ երկունքը նրա:

Երկունքը դաժան և հավերժական, որ հեղեղում է վտառն իժերի,
Որոնք խայթում են, հոշոտում իրար, աստղերն են պղծում տոփանքով ժահրի:

Սրիկա է նա ով հայր է լինում, ով երանավետ ծոցից ոչնչի՝
Գոյության կոչում թշվառ հյուլեին և գլխին վառում գեհենն այս կյանքի:

—Իմ հայրը իմ դեմ մեղանչեց, սակայն՝ չմեղանչեցի ես ոչ ոքի դեմ,—
Այս իմ կտակը թող գրվի շիրմիս, եթե լուսնի տակ մի խորշ պիտ գտնեմ:

Այնքան ժամանակ, որ ծովը պիտի փարե Հեջազի ափերն զմրուխտյա,
Ես ետ չեմ դառնա կնոջ մոտ երբեք, ես չեմ կարոտնա թովչանքին նըրա:

Կըզգվեմ վայրի տատասկը դժնի և կըհամբուրեմ փշերը նրա,
Գլուխս կդնեմ այրվող ժայռերին և կըլամ նրանց ջերմ կրծքի վրա:

Եվ քարավանը մեղմիկ կարկաչով չափում էր ուղին ոլոր ու մոլոր,
Դեպի երազուն և կապույտ հեռուն հոսում էր առաջ հանգիստ ու անդորր:

Զանգակներն, ասես, հեկեկում էին և ծորում հատ-հատ հնչուն արցունքներ,
Քարավանն, ասես, լալիս էր անուշ, ինչ որ Մահարին սիրել, լքել էր:

Եվ զեփյուռների սրինգները մեղմ գեղգեղում էին շարքիներն անուշ
Միրո վերքերի, վշտոտ կարոտի և երազական թախծանքի քնքուշ:

Եվ Աբու-Լալան խորհում էր մռայլ, և նրա վիշտը անհունի նման,
Ինչպես իր ուղին, որ գալարվում է, ձգվում է անծայր ու չունի վախճան:

Հյուսվելով անծիր ճանապարհի հետ՝ լուռ թախծում էր նա ցերեկ ու գիշեր,
Հայացքը հառած անհայտ աստղերին, հոգու մեջ դառըն ու ցավոտ հուշեր:

Եվ ետ չէր նայում անցած ճամփեքին, և չէր ափսոսումափսոսում թողած-լքածին,
Ողջույն չէր վերցնում, ողջույն չէր տալիս անցնող ու դարձող քարավաններին:

ԵՐՐՈՐԴ ՍՈՒՐԱՀ

Եվ քարավանը Աբու-Լալայի աղբյուրի նման մեղմ կարկաչելով,
Հանգիստ, միաչափ քայլում էր առաջ հեզ լուսնկայի շողերի միջով:

Եվ լուսինն, ինչպես ջեններթի մատաղ փերիի կուրծքը՝ չքնաղ, լուսավառ՝
Մերթ ամաչելով պահվում էր ամպում և մերթ թրթռուն փայլում էր պայծառ:

Նիրհ էին մտել ծաղկունքը բուրյան՝ ադամանդներով, շքեղ գինդերով,
Ծիածանաթև հավքերը իրար գուրգուրում էին քնքուշ մրմունջով:

Մեխակի բույրով հովն էր շշնջում հեքիաթներն հազար ու մի գիշերվա,
Արմավն ու նռճին անուշ քնի մեջ՝ օրորվում էին ճամփեքի վրա:

Հովի զրույցին ունկն դնելով Աբու Մահարին խոսում էր անձայն,-
— Աշխարհն էլ, ասես, մի հեքիաթ լինի՝ անսկիզբ, անվերջ, հրաշք դյութական:

Եվ ո՞վ է հյուսել հեքիաթն այս վսեմ, հյուսել աստղերով, բյուր հրաշքներով,
Եվ ո՞վ է պատմում բյուր-բյուր ձևերով՝ անդուլ ու անխոնջ՝ այսպես թովչանքով:

Ազգեր են եկել, ազգեր գնացել, և չեն ըմբռնել իմաստը նրրա,
Բանաստեղծներն են հասկացել դույզն ինչ և թոթովում են հնչյուններն անմահ:

Ոչ ոք չի լսել սկիզբը նրրա, և չի լսելու վախճանը նրրա,
Ամեն հնչյունը դարեր է ապրում, ամեն հնչյունին վերջ, սկիզբ չկա:

Բայց ամեն մի նոր ծնվածի համար նորից է պատմվում հեքիաթն այս շքեղ,
Նորից սկսվում և վերջանում է ամեն մի մարդու կյանքի հետ մեկտեղ:

Կյանքը երազ է, աշխարհը՝ հեքիաթ, ազգեր, սերունդներ - անցնող քարավան,
Որ հեքիաթի մեջ, վառ երազի հետ, չվում է անտես դեպի գերեզման:

Կույր ու գուլ մարդի՛կ, առանց երազի, առանց լսելու հեքիաթն այս վսեմ,
Իրար կոկորդից պատառ եք հանում և դարձնում աշխարհն՝ ահավոր ջեհնեմ:

Ձեր օրենքները – լուծ ու խարազան, և անելք մի ցանց խոլական սարդի,
Եվ որոնց ժահրով թունավորում եք երգը բլբուլի, անուրջը վարդի:

Եղկելի մարդիկ, փոշի կըդառնան ձեր վատ սրտերը, ձեր գործերը չար,
Եվ ժամանակի ձեռքը անտարբեր կըսրբե - կավլե պիղծ հետքերը ձեր:

Եվ ունայնաշունչ հողմը կըշաչե ձեր ոսկորների քարերի վըրա,
Իսկ վայելելու դուք միշտ ապիկար՝ երազն այս չքնաղ, հեքիաթն այս ոսկյա:

Գոհար աստղերի քարավանները թափառում էին երկնի ճամփեքով,
Եվ ղողանջում էր ողջ երկինքն անհուն՝ աստղերի պայծառ, անշեջ զընգոցով:

Եվ արար-աշխարհ լցված էր, դյութված բյուր նվագներով հավերժ երկնային,
Եվ անուրջներում նա վերասլաց լսում էր հոգով վսեմ երգերին:

—Գնա՛, քարավան, մեղմ հնչյուններդ հյուսելով երկնի լույս-ղողանջի հետ,
Վիշտս տո՛ւր հովին, քայլի՛ր բնության ծոցը մայրական, և մի՛ նայիր ետ:

Տա՛ր ինձ լուսազգեստ, օտար մի եզերք, հեռու, հեռավոր, մենավոր ափեր,
Սուրբ մենակություն, դու՛, իմ օազիս, դու՛, երազների աղբյուր զովաբեր:

Լռության երկինք, խոսիր դու ինձ հետ աստղերից լեզվով և ամոքիր ինձ,
Գուրգուրիր հոգիս՝ աշխարհից խոցված, մարդուց խայթըված վիրավոր հոգիս:

Իմ մեջ այրվում է մի անհագ կարոտ, կարեկից մի սիրտ՝ լացող հավիտյան,
Եվ իմ հոգում կա մի չքնաղ երազ, և՛ սուրբ արտասուք, և՛ սեր անսահման:

Ոգիս ազատ է, ես չեմ հանդուրժում իմ վրա իշխող ո՛չ մի զորության,
Ո՛չ օրենք, սահման, ո՛չ ճակատագիր, ո՛չ չար ու բարի և ո՛չ դատաստան:

Իմ գլխի վերև չպետք է լինի ո՛չ մի հովանի, ո՛չ մի իրավունք,
Եվ իմ կամքից դուրս ամեն ինչ բանտ է, և՛ ստրկացում, և՛ բռնադատում:

Ես կուզեմ լինել անսահման ազատ, անպարտք, անիշխան, այլև անաստված,
Հոգիս տենչում է միայն, միմիայն՝ մեծ ազատության՝ անհուն, անտարած: —

Եվ քարավանը հյուսվում էր առաջ, և նըրա վերև շողում էին վառ
Մանկան ժպիտով աստղերը ազատ, այն հավերժափայլ աչքերը զոհար:

Եվ կանչում էին նրան կաթոգին լույս թարթումները ոսկի աստղերի,
Եվ հոգին լցնում վսեմ ղողանջով երկնքի հազար բյուրեղ զանգերի:

Վճիտ գիշերին դյութական ցոլքով փայլում էր ուղին փիրուզյա հեռվում,
Եվ քարավանը՝ օրոր ու շորոր քայլում է անդորր փիրուզյա հեռուն...

ՉՈՐՐՈՐԴ ՍՈՒՐԱՀ

Գիշերն ահարկու՝ և՛ սև, և՛ հսկա մի չղջիկի պես թևերը փռեց,
Անծիր թևերը իջան, ծածկեցին քարավանն, ուղին և դաշտերն անափ:

Եվ հորիզոնից մինչև հորիզոն երկինքը լցվեց մռայլ ամպերով,
Չէին շողշողում լուսինն ու աստղեր, խավարն՝ ասես թե՝ պատած խավարով:

Եվ հողմերն ահեղ՝ նժույգների պես՝ սանձարձակ, վայրի արշավում էին,
Հրձանքներ տալով, և հողն ու փոշին այրված դաշտերից խառնում ամպերին:

Ե՛վ մահասարսուռ շառաչում էին, և՛ աղաղակում հազար ձայներով,
Ասես, վիրավոր գազաններ էին, մռնչում-ոռնում հողմի բերանով:

Նեղ ձորերի մեջ գալարվում էին և արմավենու անտառներում կույս
Հեծեծում էին հողմերը տխուր, որպես թե՝ մի սիրտ լաց լիներ անհույս:

—Գնա, քարավան, հողմերի դիմաց աննկուն քայլիր աշխարհի եզրը. —
Այսպես էր խոսում իր սրտի խորքում Աբու-Մահարին, մեծ բանաստեղծը:

«Շաչեցե՛ք գլխիս, ամեհի հողմեր, դո՛ւք, մրրիկնե՛ր, պայթեցե՛ք գլխիս,
Ես բաց ճակատով ձեր դեմ եմ կանգնած, ես վախեցող չեմ, զարկեցե՛ք ճակտիս:

Ես ետ չեմ դառնա ժանտ քաղաքները, ուր բազմաժխոր կրքերն են եռում.

Ոստաններն արյան, ուր մարդը դաժան իմ նմաններին է միշտ պատառում:

Ի՛մ անտուն գլուխ, տուն չես դառնա դու, ինքդ մարեցիր երդըդ հայրենի,
Վա՛յ նրան, ով որ տուն ու տեղ ունի, կապված է շան պես իրեն տան շեմին:

Արշավե՛ք հողմեր, իմ հոր տան վերա, քանդե՛ք, ավերե՛ք հիմերը նրա,
Եվ փոշին ցրե՛ք մեծ աշխարհով մեկ, — անծայր ճամփան է իմ տունը հիմա:

Մանկությունն է իմ սերը հիմա, երկինքն աստղաբիբ - վրանս հայրական,
Եվ քարավանն է ընկերս հիմա, և իմ հանգիստը՝ ուղիս անկայան:

Դո՛ւ, կախարդ ուղի, հավիտյան անհայտ, հավիտյան դյութող իմ նոր հայրենիք,
Տար ինձ, իմ սիրտը՝ հավիտյան լացող՝ այնտեղ, ուր բնավ չեն եղել մարդիկ:

Մարդկանց մոտ պետք է աչալուրջ լինես, միշտ ոտքի վրա և սուրը՝ ձեռիդ,
Որ քեզ չլլկեն, քեզ չհոշոտեն թե բարեկամըդ և թե թշնամիդ:

Բարեկամներից հեռու տա՛ր դու ինձ, որոնք անկշտում մժղուկների պես
Հետևում են քեզ, երբ արյուն ունես, իսկ երբ ցամաքես՝ կմոռանան քեզ:

Իմ խոր վերքերը ո՞վ կնյութեր ինձ, թե չլինեին ընկեր, բարեկամ,
Որոնք համբույրով սիրտս բացեցին, որոնք համբույրով խայթեցին նրան:

Բյուր կեղծիք ունի իր ակունքի մեջ համբույրը մարդկանց, համբույրն ընկերի,

Որով որսում է գաղտնիքը սրտիդ և դարձնում է քեզ հավիտյան գերի:

Ի՞նչ է ընկերը և բարեկամը՝ նենգ ու դրուժան, չարակամ ու վատ:
Իմ հոգում մեռավ սիրո մի երկինք, մի վառ արեգակ, և սեր, և հավատ:

Բարեկամն ի՞նչ է — լավիդ նախանձող, քայլիդ խուզարկու, բամբասող, ազահ,
Ծանոթ շները չեն հաչում վրադ, ծանոթ մարդիկ են հաչում քո վրա»: —

Հողմերն անհեթեթ ջինների նման՝ Աբու-Լալայի խոժոռուն դեմքին
Քրքջում էին, ծափ տալիս, ծաղրում և ապարոշից քաշքշում ուժգին:

Եվ քղանցքներից կախ էին ընկնում, և աչքերի մեջ Աբու-Լալայի
Ծաղ էին տալիս բուռերով փոշի և կտրում թելը նրա խոհերի:

ՀԻՆԳԵՐՈՐԴ ՍՈՒՐԱՀ

Եվ քարավանը ճեղքելով վստահ մըրրկապարը վայրագ ջինների,
Անշեղ ու անվախ ձգվում էր առաջ ղողանջյուններով հուզված զանգերի:

—Ի՞նչ է ընկերը… — կրկնում էր անդուլ զայրացած սրտում Աբու-Մահարին, —
Ծոցիդ մեջ սև օձ, մահիճդ պղծող… Թռիր, քարավան, ընկեր մտերիմ:

Եվ ուր որ կերթաս, այնտեղից նորեն գնա ու գնա, առանց հանգրվան,

Իմ բարի ճամփա, տար ինձ, կորցրու, չքվիմ, տանջանքս մարդիկ չիմանան:

Եվ ինչ ենք թողել, ի՞նչ կա մեր ետև, որ մեզ պատրանքով ետ կանչե նորից,
Փա՞ռք, գա՞նձ, օրենքնե՞ր և իշխանությո՞ւն... Թռիր, հեռացիր բոլոր-բոլորից:

Եվ ի՞նչ է փառքը. — այսօր քեզ մարդիկ եղջյուրներից վեր կըբարձրացնեն,
Վաղը նույն մարդիկ սմբակների տակ ճմլելու համար քեզ վար կընետեն:

Ի՞նչ է պատիվը, հարգանքը մարդկանց, — լոկ ոսկուց-վախից հարգ են մատուցում,
Իսկ երբ սայթաքես, մուճակիդ փոշին մեծ մարդ է դառնում և քեզ հարվածում:

Եվ ի՞նչ է գանձը, որով հիմարը տիրում է մարդկանց, և հանճար, և սեր,—
Բյուրավորների քամված արյունը, մեռելների միս, որբի արցունքներ:

Ի՞նչ է ամբոխը - մեծ հիմարն է նա, ոգին հալածող և տարրը չարի
Բռնության խարիսխ, և՛ սուր երկսայրի, և՛ զայրույթի մեջ գազան վիթխարի:

Ի՞նչ է համայնքը - թշնամու բանակ և անհայտն այնտեղ անշղթա գերի,
Երբ է հանդուրժել հոգու թռիչքին և սլացումին վսեմ մտքերի:

Նողկալի համայնք, հեղձուցիչ օդակ, քո լավն ու վատը - ահեղ խարազան,
Մի անհուն մկրատ բոլորին խուզող՝ միահավասար և միանման:

Ատում եմ, ավաղ, և հայրենիքը — պերճ արոտավայրը հարուստների ցոփ,

Որի հողն արնոտ՝ անդուլ հերկողը չոր քար է կրծում իր հացի հանդեպ:

Ի՞նչ է օրենքը, — մարդկանցից օրհնած, բիրտ ուժեղների այդ սուրը դաժան,
Անզորի գլխին կախված հավիտյան, խեղճին խողխողող, հզորին պաշտպան:

Ե՛վ իրավունքը, և՛ օրենքները բոլոր զայրույթով ատում եմ, ատում,
Գարշ իրավունքով բռնաբարում են և զարշ օրենքով լլկում ու մորթում:

Յոթն անգամ ահա՛ ատում եմ, ատում իշխանությունը - սերունդներ լափող,
Անհագ վաշխառու, անկուշտ ձրիակեր, պատերազմների հավերժ հերյուրող:

Անցած դարերի, գալիք դարերի մեծ դահիճն է նա և մեծն ավազակ,
Իր անցած ուղին՝ ոճիր ու նախճիր, սարսափներ վիժող, ոխակալ ոհմակ:

Նա իրեշի պես կրծքիս է նստել, բռունցքն է ահեղ սեղմել ճակատիս,
Եվ ամեն քայլիս շղթա է զարկել, փականք է դրել լեզվիս ու մտքիս:

Նա փշրում է միշտ մեր ուսերը վար, ամենուր հասնում, ճզմում է մարդուն,
Եվ իրավունքի դաժան անունով բյուր կառափներից բուրգեր է կերտում:

Եվ ամեն ինչ է իշխանությունը — իրավունք, օրենք և արդարություն,
Նա ինքն է խիղճը և չարն ու բարին, իսկ դու զերեզման, դու՝ ոչնչություն:

Եվ նզովում եմ իշխանությունը՝ հազարաճիրան մոլի բորենին,
Իր ամեն քայլը՝ արյունի հնձան, ուր տրորում է ծերին, մանուկին:

Ապիկար մարդիկ, ստրուկ ու վախկոտ, ո՞վ տվեց սուրը նմանիդ ձեռին,
Ո՞վ տվեց նրան վրեժի իրավունք — իշխել, խողխողել իր նմաններին:

Տա՛ր ինձ, քարավան, իժերին հանձնիր, թաղիր հեզ սիրտս ավազների տակ,
Տա՛ր ինձ, ազատիր իշխանությունից, ազատիր նըրա հովանուց վայրագ: —

Խոլ կայծակները հրեղեն սրով ծվատում էին վաշտերն ամպերի
Եվ արշավասույր՝ փշրվում էին ճերմակ բաշերին հեռու լեռների:

Եվ մրրիկները մռնչում էին, արմավն ու նոճին շաչում, շառաչում,
Եվ քարավանը կամուրջ քանդելով և քառատրոփ վազում էր, թռչում:

Վազում էր, թռչում, զըր՛նգ հա զըր՛նգ, փոշու ամպերով ծածկելով ճամփեն,
Ասես, փախչում էր չար իշխանության քինոտ բռունցքից, որ չհասնի իրեն:

ՎԵՑԵՐՈՐԴ ՍՈՒՐԱՀ

Եվ միջօրեի բարկ արևի տակ խիստ բուրում էին նարճիս ու ծոթոր,
Եվ քարավանը փոշու մեջ կորած՝ քայլում էր դանդաղ, հոգնած, քրտնաթոր:

—Թռիր, քարավան, խորշակ ու մրրիկ ճեղքելով մտիր ավազի ծոցը. —
Այսպես էր խոսում զայրացած սրտում Աբու Մահարին, մեծ բանաստեղծը:

— Թող անապատի բոց հողմն իմ դեմ գա, ավազի վրայից հետքերս ջնջե,
Որ մարդը երբեք տեղս չգտնի, իմ շնչած օդը մարդը չըշնչե:

Տեսնում ես ահա շեկ առյուծներին՝ դեղին շեղջերից աչքիս են նայում,
Տեսնում եմ նրանց, որոնց ոսկեղեն բաշերից հողմը կայծեր է պոկում:

Արի՛ք, կանչում եմ, ես փախչողը չեմ. արի՛ք, լափեցե՛ք սիրտս վիրավոր,
Ես ետ չեմ դառնա մարդու մոտ երբեք, դուռը չեմ բախի մարդու նենգավոր:

Մարդիկ ի՞նչ են որ... դիմակված դներ, ժանիքներ ունեն, անտես ճիրաններ,
Սմբակներ ունեն և որոճող են և նրանց լեզուն՝ թունավոր սուսեր:

Եվ ո՞վ են մարդիկ... աղվեսների հոտ, եսամոլ անհուն, ուրացող, մատնիչ,
Անկումից ուրախ, արյուններ լակող, գազան մանկասպան, և դահիճ, դահիճ:

Աղքատության մեջ՝ քծնի, վաճառվող, թշվառության մեջ՝ վախկոտ, դավաճան,
Հարստության մեջ՝ լկտի, չարախինդ, և վրիժառու, և ամբարտավան:

Զոհվում է լավը վատերի համար, և վատն ու չարը լլկում են, տանջում
Մի բուռ լավերին այս վատ աշխարհում, և կյանքի արտում որոմն է աճում:

Նզովում եմ ձեզ, հեռավոր մարդիկ, ձեր չարն ու բարին, կրոնները ձեր,
Որոնք միմիայն շղթա են կռում և ստրկության կոփում զնդաններ:

Ապիրատ աշխարհ, ուր հզոր ոսկին դարձնում է գողին՝ ազնիվ բարեհույս,
Ապուշին՝ հանճար, վախկոտին՝ կտրիճ, տգեղին՝ չքնաղ և պոռնիկին՝ կույս:

Մարդկային աշխարհ, արյան բաղանիք, ուր թույլն՝ հանցավոր և հզորն՝ արդար,
Ուր մարդը տխեղծ՝ ինչ որ անում է այս գարշ աշխարհում՝ սոսկ նյութի համար:

Սոսկ շահի համար, շահին միշտ գերի, աստվածացնող թաթը եղեռնի,
Ահա մարդը միշտ — պատկերն Աստծու, սակայն իրապես վիժվածք շեյթանի:

Համրելով մեկ-մեկ անթիվ քայլերը իմ քարավանի, իմ անծայր ճամփու,
Անթիվ քայլերը չեն հասնում չափին մի օրում գործած հանցանքին մարդու:

Ասում եմ ահա և՛ արևելքին, հյուսիս, հարավին, և՛ արևմուտքին,
Որոնց հողմերը իրար հետ ներհակ՝ լսում են մեկտեղ իմ արդար խոսքին:

Տարե՛ք, տարփողե՛ք խոսքս հրեղեն, որ ծովերից ծով աշխարհներ լսեն,
Թե ավելի վատ, ավելի զազիր՝ քան մարդը դաժան - այդ մարդն է նորեն:

Այնքան ժամանակ, որքան աստղերը անշեջ թարթում են լուռ անապատին,
Եվ գալարվում են շեղջերն ավազի, շնչում ու ճչում նման օձերին:

Փախի՛ր, քարավան, այդ պոռնկության լպիրշ ու արբշիռ ցոփ խնջույքներից,
Կեղծի, կեղեքման հրապարակներից և վաճառանքի պիղծ շուկաներից:

Համայնքից փախիր, փախի՛ր վրեժից, մարդկանց արյունոտ արդարությունից,
Փախի՛ր կնոջից, սիրուց, ընկերից, շնչահեղձ փախի՛ր մարդու ստվերից:

Գնա՛, քարավան, ներբաններիդ տակ տրորիր, կոխիր օրենք, իրավունք,
Եվ ուղիներիդ փոշիով ծածկիր թե՛ չարն ու բարին, թե՛ իշխանություն:

Եվ թող հոշոտեն ինձ վագր ու առյուծ, բոցոտ հողմերը շաչեն ինձ վրա, —
Եվ այսպես, մինչև օրերիս վերջը, քարավանս անդարձ, գնա՛ ու գնա՛…—

Իրենց աղեղի պարանոցները՝ ուղտերը լարած նետերի նման,
Ջիլ վազում էին, և իրենց հետքից թողնելով փոշու անծայր քարավա՛ն:

Ջիլ վազում էին խանձված դաշտերով դեպի անհայտը, դեպի հեռաստան,
Սքողում էին հողի թուխպերով անծիր դաշտերը, ավան ու ոստան:

Կարծես՝ վախեցած փախչում էր արագ՝ առանց հանգրվան՝ Աբու Մահարին:
Կարծես՝ օրենքը, կինն ու համայնքը նրան կրընկոխ հետևում էին:

Եվ քարավանը զրընգ, սրընթաց, առանց նայելու անցնում էր անդարձ
Բուրգերի տակով մեծ քաղաքների՝ հացի ու կրքի ժխորով լցված:

Վազում էր հապճեպ՝ անգիտության մեջ դարեր քարացած գյուղերի մոտով,
Վազում էր, սուզվում հեռուների մեջ՝ ոսկեհոս աստղի անզուսպ կարոտով:

Քարավանն հեստոտ օրեր-գիշերներ լափում էր ուղին ոլոր ու մոլոր,

Եվ խռով հոգով Աբու Մահարին խորհում էր ցասկոտ՝ ճակատը խոլոր:

Խոլ քարավանը նրա խոհերի՝ բազեների պես ծածկված մրրկով,
Սլանում էին՝ խռիվ ու ցրիվ՝ մի լույս-հանգրվան գտնելու հեքով:

Եվ լալիս էր նա առանց արցունքի, և նրա վիշտը նման անհունի,
Ինչպես իր ուղին, որ գալարվում է՝ անծայր օձի պես, և վախճան չունի:

Եվ ետ չէր նայում անցած ճամփեքին և չէրափսոսում թողած, անցածին.
Ողջույն չէր վերցնում, ողջույն չէր տալիս եկող ու անցնող քարավաններին:

ՅՈԹԵՐՈՐԴ ՍՈՒՐԱՀ

Եվ քարավանը Աբու-Լալայի Արաբստանի մեծ անապատի
Դարբասների մոտ ծունկ իջավ հոգնած…

Հորիզոնները հրդեհվում էին իրենց ամայի, ազատ ափերում,
Մութն հավաքում էր քղանցքը թավշյա, բոցերով բոսոր երկինքն էր ծփում:

Եվ Աբու-Լալան նստեց մենավոր՝ հակինթյա ժայռին գլուխը հենած,
Հայացքը սուզած դյութական հեռուն, և հաշտ ու պայծառ, հոգին անդորրած:

—Ո՜հ, ինչ ազատ եմ, անպարփակ ազատ. մի՞թե կարող է այս մեծ սահարան
Պարուրել, գրկել իր ծիրերի մեջ ազատությունս՝ անհուն, անսահման:

Ոչ մի մարդկային աչք ինձ չի տեսնի, չի հասնի ոչ մի մարդկային բազուկ.
Ով ազատություն, դու դրախտային չքնաղ վարդերի լուսեղեն բուրմունք:

Քո պերճ վարդերով դո՛ւ պսակիր ինձ, վառի՛ր իմ հոգում ջահերդ հուր-հրան.
Ով ազատություն, դու դրախտային լույս-բլբուլների անմահ Ալ-Կորան:

Չքնաղ առապար, դու իմաստության ոսկեղեն աշխարհ, հազար ողջույն քեզ,
Անարատ Բաղխե, ուր մարդուն չի լլկել բնավ, հար օրհնյալ լինիս:

Տարածվի՛ր անծիր, փռի՛ր ավազիդ դեղին ծովերը ազգերի վրա,
Ծածկիր ողջ մարդկանց, քյոշք ու խրճիթներ, գյուղ ու շահաստան, շուկա ու կլա:

Վիշապ հողմիդ հետ ազատությունը թող զահակալե աշխարհը հանուր,
Եվ ոսկեվառե վսեմ արևը՝ ազատությունը աշխարհասփյուռ:

Հազար ու հազար հրաշալիքներով և հրաբորբոք հրապույրներով
Շեմս-արևն ելավ՝ շքեղ, լուսավառ, վարդի, սնդուսի բյուր պարույրներով:

Եվ վեհ արևի ջահերի ներքո փռվեց, ծավալվեց ծիրն անապատի,
Վառ-վառ հուրհրաց, ինչպես տիտանյան հսկա առյուծի ոսկեփառ մորթի:

—Սալամ քեզ, արև՛, շյուքըր բյուրաբյուր, դու Աստուց հզոր, դու կյանքի աղբյուր,
Դու, իմ անմահ մայր, մայրական դու գիրկ, դու միակ բարի, դու միակ սուրբ, սուրբ:

Տիեզերական դու բաժակ անհուն՝ ոսկի արբեցման և երանության,

Դու իրձվանքի, հրապույրների հրեղեն գինու դու անհուն օվկիան:

Տիեզերական հազարահանդես դու մեծ խրախճանք, բարի՛ արեգակ,
Ահա իմ հոգին - մի ծարավ բողբոջ, թափի՛ր նրա մեջ գինիդ անապակ:

Քո երջանկությամբ, քո իմաստությամբ, քո հավերժությամբ հարբեցրո՛ւ ինձ,
Տո՛ւր ինձ անցյալի անզարթ մոռացում, լույս անուրջներում քո բուրումնալից:

Հարբեցրու ինձ, հարբեցրու ինձ, քո անմահ գինով հարբեցրու ինձ,
Մոռանամ մարդուն, սուտն ու մռայլը, մոռանամ հավերժ չարիքն ու թախիծ:

Քո վսեմությամբ հարբեցրու ինձ, հարբեցրու ինձ լույս – հիացմունքով,
Խավարների դեմ անհաղթ ախոյան, զարունների մայր, ուրախության ծով:

Դու միակ բարի, դու միակ իմ սեր, դու միայն սուրբ, սուրբ, մայրական դու գիրկ,
Դու հավետ զթոտ, մահը խորտակող, դու գերահրաշ միակ գեղեցիկ:

Ես սիրում եմ քեզ, ես սիրում եմ քեզ, հրակոծ սիրով կիզիր, խոցիր ինձ,
Եվ ոսկեճաճանչ վարսերդ շքեղ փռիր ինձ վրա, և գուրգուրիրի ինձ:

Եվ արյունոտիր իմ շրթունքները համբույրիդ խայթով քո հրդեհակեզ,
Երջանկափյուռ քո լույս - գիրկը բաց, ես սիրաբորբոք թռչում եմ դեպ քեզ:

Եվ թող խլանան իմ ականջները՝ աղմուկն աշխարհի չլսեմ հավետ,

Հավետ կուրանամ աշխարհի համար, մարդկանց տեսնելու այլ չնայեմ ետ:

Դեպի արևը դարեր ու դարեր թռի՛ր, սլացիր, ազնիվ քարավան,
Նրա լուսեղեն, բոցեղեն գրկում, որ արևնամ և հավերժանամ:

Ո՛հ, իմ մայր-արև, քո ոսկեփրփուր ծիրանիդ շքեղ ձգիր ուսերիս,
Որ ես հաղթական, լույս փառքերիդ մեջ սրարբած սուրամ դեպի, դեպի քեզ:

Դու Աստծուց հզոր, դու միակ իմ սեր, դու միակ իմ մայր, մայրական դու գիրկ,
Դու միայն բարի, դու միայն սո՛ւրբ, սո՛ւրբ, դու գերահրաշ, միակ գեղեցիկ...

ՎԵՐՋԻՆ ՍՈՒՐԱՀ

Եվ ուղտերն, իբրև ոսկի մակույկներ, հուր ալիքները ծով-անապատում
Ճեղքելով արագ սլանում էին դեպի բոցավառ, լուսավառ հեռուն:

Եվ ոչ մի սամում հրաշունչ թևով չէր կարող հասնել նրանց արշավին,
Նրանց թռիչքին չէր կարող հասնել սլացքը նետի վայրի բեդվինի:

Վուհաղիներից զով սյուքն էր բերում վառ քասիդները այրող կարոտի,
Դայլայլում էին կաթնաղբյուրները երազներն իրենց կուսական սրտի:

Եվ հեքիաթների լույս փերիները մայր-արմավենու քնքուշ սոսյունով
Համբույր ու ողջույն ուղարկում էին և կանչում նրան գաղտնի խոստումով:

Բայց Աբու-Լալան չէր ուզում լսել սիրո ողջույնին, գողտրիկ սոսավին,
Թռչում էր անհագ՝ դեպի արևը, և ինքն էլ պայծառ՝ նման արևին:

Իսկ սերաբները նոր տեսիլներով բյուր պատրանքների, հրապույրների՝
Թոցնում էին կախարդված հոգին ոսկի թևերով լույս-անուրջների:

Ուղտերը արձակ պարուսաններով հուժկու, մոլեգին, այնպես խոլաբար
Սլանում էին, ճախր էին առնում հրեղեն թափով, խենթ ու խելագար:

Եվ արեգական վառ ցնցուղի տակ բոցկլտում էին ուղտերը զվարթ.
Եվ բարձրաղողանջ կայլակում էին զանգակներն ազատ, ցնծուն լուսազարդ:

Աբու Մահարին արծվի նման աչքերն անքթիթ՝ արևին հառած,
Թռչում էր աննինջ հոգին լուսարբած և երանության ջահերով վառված:

Նրա ետևում լոկ անապատն էր փռված հոլանի՝ լույսերի ծոցում,
Իսկ գլխի վերև արևն էր նազում շափյուղյա վարսերն անծիր տարածում:

Եվ ոսկեփիրփուր ծիրանին ուսին Աբու Մահարին, մեծ բանաստեղծը,
Թռչում էր անդուլ՝ հաղթական ու վեհ, դեպի արևը, անմահ արևը…

ՈՂԲՈՒՄ ԵՄ

Ողբում եմ դառն վիճակդ տխուր, ո՛վ հայ ժողովուրդ, տանջանքիս աղբյուր:

Եվ ո՞վ կուտա ինձ արցունք ծովերով՝ լալու երկիրդ արյո՛ւն ու թափո՛ւր...

Հի՛ն-հի՛ն դարերից, խավար դարերից, դաժան ու դժար ճանապարհներով՝ քո հոգու, մտքի ինքնուրույնության և ազատության վեհ գործի համար դու մաքառեցիր՝ միշտ մագլցելով դեպի անհունը, դեպի լույսն անմահ...

Ավա՛ղ, խավարը և չարը դժնյա և այս աշխարհիս զոռ հզորների սուրն ու բռունցքը խորտակեցին քեզ, և նվիրական խոր վերքը սրտիդ և մարտիրոսի պսակը ճակտիդ ընկար դու անհաղթ, բազմատանջ վկա, կատարելության մեծ շավղի վրա...

Եվ ազգեր եկան ոստերով դալար՝ ճախրելով դեպի արևը պայծառ և քո վրայով ընթացան հառաջ. և ազգեր եկան, ազգեր գնացին, վերքերդ տեսան և չբուժեցին, և քեզ իրենց հետ չվերցրին, տարան...

Եվ ո՞վ կուտա ինձ արցունք ծովերով լալու վիճակդ դառն, անօրինակ, իմ հեզ հայրենիք՝ ավեր ու ավար, ընկած ոտնատակ, աչերդ՝ պղտոր, երկինքդ՝ խավար, բռնավորների զարկի նշավակ...

Իմ վե՛հ հայրենիք, հովի՛տ թախծության, արյուն-արցունքի օվկիանոս անծիր, որ ծանրացել ես հազար տարիներ մարդկության մեռած, քար խղճի վրա և փոթորկաշունչ բուռն հործանքով ճգնում ես փշրել զայրույթդ պատող ափերդ հսկա...

Ողբում եմ դառն վիճակդ տխուր, ո՛վ իմ վիրալից, խոցված հայրենի՛ք. շինականներդ, որ հողդ են հերկում արյուն քրտինքով և քաղցած նստում, և հարուստներդ, մեծատուններդ՝ վախկոտ, փերեզակ, տխմար ու տմարդ, և արծաթասեր, իսկ գիտուններդ՝ ոգու այդ նանիր հեզգ գաճաճները, որոնք կույր ու զուլ օրհասիդ հանդեպ, որոնք մոռացած քո արյան ծովը թե կաճառներում փուչ ամբիոններից ճչում են անվերջ ունայն, սնամեջ զառանցանքներից, բարբաջանքներից՝ դսրովող և՛ մայրենի խոսք, մայրենի երկիր. վա՜յ գիտուններից, որոնք շան նման՝ այն ազատարար ձեռքն են կծոտում, որն իրենց վզի շղթան է կոտրում, որոնք՝ ապերախտ ստո՛ղ, դավաճան...

Առաջնորդներդ, որոնց թիկունքն է թշնամին տեսել և խղճահարվել, որոնք, սիրելիս, քո դյուցազնորդի վեհ որդիներից, նահատակներից, այն, որ նվիրված, քո վերքով վառված, արյունովդ օծված՝ հրեղեն սրեր - թռել են անվախ վես բարձունքները կյանքի ու մահի՝ քո սիրո համար - նրանց ծաղրում են և նախատում են, և անզերեզման, և անհիշատակ սև մոռացության անդունդն են նետում. առաջնորդներդ, որոնք թափում են ջրի արտասուք սուրբ վերքիդ վրա:

Ողբում եմ դառն վիճակդ դժնյա՝ չարի, բռունցքի զոհ հազարամյա, ընկած ազգերի մեծ ճամփու վրա...

Ողբում եմ նորից քո արտասվելի վիճակդ անգութ, դու խավարի մեջ միշտ լույս որոնող, իմ հա՜յ ժողովուրդ - արդ առավոտից մինչև առավոտ ոտներիդ ներքն ես քեզ եմ հսկում անխոնջ ու անքուն՝ քո շունը որպես...

Գիշերը մինչև լույս վանում եմ հեռու վերադ արշավող ոհմակը գայլի, ցերեկը, սակայն, թշնամիներից սրունքն եմ կծում, երբ քեզ են կոխում...

Վե՛ր կաց, ոտքի՛ ել, փոթորիկներից աննվաճ կաղնի դո՛ւ գերմարդկային, դո՛ւ գերբնական տառապանքների երկաթե ոգի,— դու պե՛տք է ապրիս, դու կուզե՛ս ապրել:

Եվ վերքդ պոկիր, տո՛ւր ինձ, սիրելիս, և գոտեպնդվիր և խրոխտ ու վես կոչնակդ հնչե՛, թող եղբայրության, և իրավունքի, և ազատության զանգը որոտա քո երկաթեղեն լեռներից վրա...

Ձայն տուր քո ընտիր, քաջ որդիներին, որ մռնչում են շղթաների տակ, կուռ զնդաններում, անապատներում, սառցե դաշտերում, ձայն տուր, և նրանք՝ խորտակած կապանք՝ դեպի քեզ կուգան:

Ձա՛յն տուր քո վսեմ, վեհ որդիներին, որոնք ընկած են կռվի դաշտերում, կախաղանների, կացինների տակ, և՛ զնդակահար, և՛ սրախողխող, ձա՛յն տուր, և նրանք կկենդանանան և կրակի պես կսլանան, կուգան...

Եվ քո դարավոր ցասման, զայրույթի ամպրոպի շանթը արձակե հիմա, ջախի՛ր, ջախջախի՛ր բռունցք ու շղթա, նոր արև վառի՛ր մեր խավարամած, հոգնած բբերին, և՛ ազատության, և՛

արդարության վառ գարունը բեր մեր ավեր երկրին, ստեղծագործության և ոգեվառման երազ-թևերով մեր ոգին թռցրո՛ւ ափերը հեռո՛ւ...

Դու պե՛տք է ապրես, դու կուզե՛ս ապրել. ո՛վ դու ախոյան լույսի, գեղեցկի. կռվել, ոգորել դու վաղո՛ւց գիտես,— փշրի՛ր, փոշիացրո՛ւ օրենք ու կուռքեր, բարվո և չարի տախտակները հին, և բազմաչարչար քո հոգու խորքից ստեղծագործի՛ր ոգու սավառման մի նորոգ աշխարհ՝ բոլոր տառապած, բոլոր խոշտանգած, ծարավի, ցավի մեր ոգիների փրկության համար...

ՍԻՐԱՀԱՐ ՔԱՄԻՆ

Մի օր մեղմաշունչ մի քամի Նուբիական բարձունքներից վար սահելով անցավ փարավոնների բուրգերի վես ճակատների վրայով, իջավ ոսկեալիք Նեղոսի ափերը և մի վայելչակազմ ու դեռատի արմավենու ոտների տակ փռվեց հևիհև.

—Իմ հրաշագեղ, իմ աննման թագուհի, ես քեզ սիրում եմ. ես՝ աշխարհի անսանձ և ըմբոստ ոգին, ահա նազելի ոտներիդ տակ մարում եմ... Երբ հորիզոնից հորիզոններ էի անցնում, սրբազան Նեղոսի մեջ տեսա չքնաղ պատկերդ, տեսա և սիրեցի... Բա՛ց նվիրական գիրկդ ինձ համար...

Եվ արմավենին արհամարհելով լուռ էր:

—Մի՞թե գութ չունիս, դո՛ւ, որ այդպես քնքուշ ես և գեղեցիկ, մի՞թե կթողնես մեռնիմ շեմքիդ առջև...

Հեծծեց քամին և մեղմով գրկեց նրա նուրբ իրանը և ուզեց համբուրել, բայց արմավենին զայրացած հրեց նրան և ասաց.

—Ի՞նչ ես ձանձրացնում ինձ, անպատկա՛ռ քամի, դու ո՞վ ես, որ քեզ սիրեմ. իմ սերը քեզ համար չէ. գնա՛, կորիր դո՛ւ, անտուն, անհայր, թափառական... Ես, որ արքայական պարտեզների երազն եմ, ինչպե՛ս կարող եմ մի մոլորաշրջիկի իմ սերը տալ...

—Բայց ես քեզ սիրում եմ բոլոր ծովերի ուժով և խորքով,— հառաչեց քամին:

—Դու ո՞վ ես որ, մի՞թե այն չես, որ գիշեր-ցերեկ վայում ես ավերակների մեջ և ամայի ուղիների վրա ունայն դեգերում. ամեն դուռ փակ է քո առջև. դու նախանձից տների ճրագներն ես մարում, որովհետև տուն չունիս, թավշյա տերևներն ես փոշոտում ու վանում ցանուցիր, որովհետև չար ես ու խանդոտ, մերկ ես ու աղքատ, գնա՛, հեռացիր ինձնից...

—Ի՛մ թագուհի, մի՞թե ինձ չես ճանաչում,—ասաց քամին,— ես աշխարհի հզոր, անհաղթ ոգին եմ. ես նա՛ եմ, որ շառաչելով Հիմալայան երկնասույզ ժայռերի վրա, մի թափով թռչում եմ՝ քերելով պարթևական Դեմավենտի ճակատը պողպատյա և մրրկվելով Արարատյան գոհարակերտ գագաթին՝ հասնում եմ մինչև բարձունքները Ատլասի:

Ես նա՛ եմ, որ դողանջելով Քաշմիրի զմրուխտյա հովիտներում, սլանում եմ իրար խճճելու հսկայական Ամազոնի նախաստեղծ և անթափանց անտառները, ինչպես կույսը խաղում է իր դեղձան մազերի հետ:

Ես նա՛ եմ, որ գալարելով ու ոլորելով հորձանուտ անդունդները Ատլանտիկի, մինչև հրեղեն աստղերն եմ թևակոխում. ես նա՛ եմ, որ անծայրածիր Սահարայում ավազի բարձրաբերձ լեռներ եմ շինում, նորից քանդելու համար. ես նա՛ եմ, որ քաղաքների նախամայր Մեմփիսը ավազի դեղին հեղեղների տակ ծածկեցի...

—Ես սարսափում եմ քեզնից, դո՛ւ դաժան ես, դո՛ւ վայրագ ես,— դողդոջուն ասաց արմավենին...— Ես Նեղոսն եմ սիրում միմիայն. Նեղոսը քեզնից հզոր է, բայց և գթոտ. նա գիշերները ինձ մեղմանուշ օրոր է մրմնջում և նինջս հյուսում չքնաղ երազներով, որ բերում է հեռավոր աշխարհների մարմարեղեն լեռնագահերից... Գնա այստեղից,— աղաչեց արմավենին:

—Բայց մի՛ վախենար, ի՛մ նազելիս, որովհետև երբ սիրում եմ, աշխարհի ամենահեզ, ամենաբարի ոգին եմ դառնում. մի՞թե դեռ ինձ չես ճանաչում. ես նա՛ եմ, որ իմ քնքուշ թևերի վրա դրախտի բուրմունքներն եմ տարածում աշխարհե-աշխարհ. ես նա՛ եմ, որ սրտահույզ քնարի նուրբ լարերն եմ թրթռացնում և նրա զեղգեղանքը հասցնում սիրատոչոր հոգիներին. ես նա՛ եմ, որ դալարագեղ անտառների անհուն լռությունն եմ օրորում, աղբյուրների մարգարիտների մեջ լալիս ու քրքջում... Ես նա՛ եմ, որ երկնասլաց արծիվների թևերն եմ շարժում և նումիդական առյուծների բաշերը հյուսում. ես նա՛ եմ, որ արշալույսից մինչև արշալույս մրահոն կույսերի գիշերագեղ մազերն եմ շոյում և աստղերի երազները բերում նրանց. և ես նա՛ եմ, իմ թագուհիս, որ մշտամրմունջ խոսում եմ արքայական Մեմնոնի արձանի հետ, և ես ահա՛ ոտներիդ տակ հիմա սեր եմ աղերսում: Գթա՛ ինձ, արձակիր շքեղ վարսերդ վրաս, ես հոգնած եմ ու տառապած, թո՛ղ համբուրեմ քեզ և երանության մեջ մոռանամ վշտերս ու խոնջենքս դարևոր և թափառումներս անկայան...

—Ես քեզ չեմ սիրում, չե՛մ սիրում,— բարկացավ արմավենին,— ես քեզ ասացի, որ Նեղոսն եմ սիրում. նա հզո՛ր է և քնքո՛ւշ, սիրտը խորն է նրա և գթով լի. տե՛ս, ինչպե՛ս փայփայում է նա իմ դեմքը և միշտ պահում իր սրտի վրա. տե՛ս ի՛նչ գեղեցիկ է նա՝ վեհ և հանգիստ. երկնքի ադամանդյա աչքերը մինչև լույս նրան են նայում հիացած. արքայափայլ արևը նրա հայելու մեջն է փայլում-հուրհրում:

Ես միա՛յն, միա՛յն նրան եմ սիրում. նրա ոսկեշուրթ ալիքները համբուրում են ինձ և զովացնում իմ կարոտակեզ հոգին. առավոտից մինչև առավոտ մրմնջում է նա ինձ պարիկների դյութական երգերը և պատմում միշտ հրաշալի հեքիաթներ:

Ահա, կանչում է նա ինձ. իմ մազերի քաղցրաբույր ստվերը պիտի իջնի նրա այրված ճակատի վրա. միա՛յն և միա՛յն նրա համար են բողբոջում իմ սիրավառ համբույրները:

Կորի՛ր, հեռացի՛ր, ո՛վ դու անտուն պարծենկոտ քամի:

Այսպես ասաց արմավենին և վարսերը կախեց Նեղոսի վրա, որի ալիքները թռչում էին վեր, դեպի արմավենու սիրաբորբոք շրթունքները.

—Դո՛ւ, որ ինձ չես սիրում և արհամարհում ես ինձ, հիմա տե՛ս, թե ո՛վ եմ ես. քո տերն եմ ես, ո՛վ դու անմիտ, զոռոզ արմավենի, քո տե՛րն եմ ես...

Եվ մռնչաց քամին, գալարվեց, զայրացավ քամին, Նեղոսի անշարժ ջրերը վայրագ խանդով խառնեց-պղտորեց, դուրս թափեց ափերից. շառաչեցին ծառերն ու ծառաստանները բոլոր, և գետնին փռվեցին, և հողի սյուները ամպերի հետ խառնվեցին, դողաց, դողդողաց արմավենին, իսկ սիրահար քամին գրկեց նրան ամուր ու հզոր բազուկներով, պոկեց արմատից, սեղմեց իր զայրացած ու սիրատոչոր կրծքին և տարավ հեռո՜ւ, հեռո՜ւ, դեպի անապատները այրվող, դեպի ծովերը շափյուղյա, դեպի լեռնագագաթները ձյունափառ...

ԵՂՆԻԿԸ

«Մի անգամ իմ բարեկամ մի որսորդ մեր հանդի անտառոտ սարերից մի եղնիկ նվեր բերեց երեխաներիս համար»:

Այսպես սկսեց ընկերս աշնանային մի երեկո, երբ նստած միասին նրա պատշգամբում, հիացած նայում էինք հեքիաթական վերջալույսով վարվռուն սարերին, որոնց վրա մակաղած հոտերի նման մեղմորեն հանգչում էին ոսկեգեղմ անտառները:

«Այդ մի մատաղ ու խարտյաշ եղնիկ էր, խորունկ, սև ու ջինջ աչքերով, որ ծածկվում էին երկայն, նուրբ թարթիչների տակ:

Կամաց-կամաց մեր վրա սովորեց նա. էլ չէր փախչում, չէր վախենում մեզնից. մանավանդ շա՜տ մտերմացել էր երեխաներիս հետ. նրանց հետ միասին վազվզում էր պարտեզում, նրանց հետ ճաշում էր, նրանց հետ քնում:

Մի բան ինձ շատ էր զարմացնում: Եղնիկը թեև այնպես ընտելացել էր մեզ, սովորել էր մեր տանն ու դռանը, բայց մեկ-մեկ մեզնից թաքուն բարձրանում էր այս պատշգամբը և ուշագրավ, լռիկ նայում էր հեռու՝ անտառներով փաթաթված սարերին. ականջները լարած խորասույզ լսում էր անտառների խուլ ու անդուլ շառաչը, որ երբեմն ուժեղանում էր, երբեմն բարականում՝ նայելով հովերի թափին: Նայում էր նա այնպե՜ս անթարթ և այնպե՜ս ինքնամոռաց, որ երբ պատահում էր բարձրանում էի պատշգամբը, ինձ բավական միջոց չէր նկատում և երբ հանկարծ ուշքի էր գալիս՝ նետի պես ծլկվում էր մոտիցս...

Արդյոք գիտե՞ր նա, որ ինքը դողանջուն անտառների ազատ երեխան է եղել, որ մայրը այնտեղ է կաթ տվել իրեն, որ այնտեղ է իր հայրը եղջյուրները խփել կաղնիներին: Արդյոք, գիտե՞ր, որ այդ խուլ շառաչը անուշ-անուշ օրորել է իրեն առաջին անգամ, և ո՞վ գիտե, գուցե, երազներ է բերել իրեն, սիրուն երազներ...

Խե՜ղճ եղնիկ... Կարոտ՝ իր սիրած գուրգուրող անտառներից և զանգակ աղբյուրներից, իր խարտյաշ մորից և շնկշնկան հովերի հետ վազող ընկերներից՝ հիմա տանջվում, տառապում է մեզ մոտ, մտածում էի ես: Եվ այնպես սրտանց ցավակցում էի նրան... Չէ՞ որ նա էլ մեզ պես մտածող և զգայուն հոգի ունի:

Ես շատ էի հարգում նրան, խնդրեմ չծիծաղես վրաս, այո՛, այնքան, որ երբ նա բարձրանում էր պատշգամբը, հեռացնում էի երեխաներիս, և թողնում էինք նրան մենակ իր ապրումների հետ...

Երբ գրկում էի նրան, այդ նազելի էակին, և նայում էի լեռնային աղբյուրների նման վճիտ աչուկների մեջ՝ տեսնում էի այնտեղ մի թախծալի, երազուն կարոտ...

Մի գիշեր,— մի քամի գիշեր էր,— սարերից անսանձ փչում էր քամին, դուռն ու պատուհանները ծեծում ու ծեծկում: Պարզ լսվում էր, որ այնտեղ, անտառում, դարավոր կաղնիներն ու վայրի ընկուզենիները ճակատում էին հողմի դեմ՝ աղմկում և գոռում: Եվ քամին բերում էր անընդհատ անտառի այդ լիակուրծք խշշոցն ու մռունչը, ու թվում էր թե՝ հենց մեր դռան առջև է աղմկահույզ, հողմածեծ անտառը:

Երեխաներս վախից կուչ էին եկել. մինչդեռ եղնիկը դողում էր մի խենթ սարսուռով: Աչքերը կայծակին էին տալիս: Անթարթ, ամբողջովին լսելիք դառած՝ ականջ էր դնում նա անտառի հուժկու շառաչին, որ խոսում էր նրա հետ մայրենի լեզվով:

Անտառը կանչում է նրան, ընկերների ազատ վազքն է տեսնում նա մթին թավուտների մացառուտ ժայռերն ի վեր,— մտածում էի ես:

Մի փոքր հետո ավելի սաստկացավ քամին՝ փոթորիկ դառնալու չափ. մեկ էլ աղմուկով բացվեցին լուսամուտի փեղկերը, և մի ուժգին շառաչ միանգամից ներս խուժեց: Եղնիկը հանկարծակի մի ոստումով ցատկեց լուսամուտի գոգը՝ աչքերը սուզելով շառաչուն խավարի մեջ: Ես իսկույն վրա վազեցի բռնելու նրան, սակայն նա մի ակնթարթի մեջ թռավ լուսամուտից պարտեզը և ծածկվեց խավարների մեջ...

Դե՛հ, հիմա՛ գնա ու գտիր նրան իր հայրենի անծայր անտառներում...»:

ԵՐՋԱՆԿՈՒԹՅԱՆ ԻՄԱՍՏԸ

Ծերունի մի դերվիշ՝ ճակատն արևառ, եկավ եգիպտական անապատը, որ մեծ Սֆինքսից հարցումներ անե՝ երջանկության խորհուրդը իմանալու համար:

Անապատի դեղին լռության մեջ բազմել էր հինավուրց Սֆինքսը՝ անդորր ու աներեր. նրա անթարթ աչքերը ժամանակի խորքերից նայում էին խորհրդավոր հեռուները:

Եկավ դերվիշը, արձանացավ Սֆինքսի առջև, եղեգնի երկարուն ցուպը խրեց այրվող ավազի մեջ. խոհուն աչքերը մռայլ ճակատի տակից հառեց նրա աչքերին ու ասաց.

—Եկել եմ մոտդ համայն աշխարհի բոլոր ծայրերից. բոլոր ծայրերից հարցումն եմ արել իմանալու թե՝ ի՞նչ է երջանկությունը, ո՞րն է նրա իմաստը... Եվ մնացել եմ անպատասխան:

Գալիս եմ այժմ նվիրական Սինայի ժայռեղեն գագաթից, ուր Մովսեսը պատգամներ առավ, հարցումն եմ արել անխոս բարձունքից... Եվ մնացել եմ անպատասխան:

Քայլել եմ Նեղոսն ի վեր, տատասկները խոցել են սրունքներս և արևը կիզել է ալեհեր ճակատս. և հասել եմ քո դռանը: Ա՛րդ, բա՛ց քո շրթունքը՝ հավիտյան գոցված աշխարհի համար, և քո իմաստուն, քո անվրդով աչքերով, ինչ որ տեսել եմ դարերի շեղջում, ասա՛, հայտնի՛ր, հարցնում եմ՝ ի՞նչ է մարդկային կյանքի երջանկությունը:

Մարդս խանձուրներից մինչև գերեզման անպարտելի հույսերով ձգտում է երջանկության, սակայն առանց իմանալու՝ թե ի՞նչ է այն: Ասա՛, հայտնի՛ր ինձ, և ես կմտնեմ խրճիթից խրճիթ, ապարանքից ապարանք. և հարավին, նույնպես հյուսիսին, և արևելքին, նույնպես արևմուտքին բարձրաբարբառ կպատգամեմ քո հայտնությունը երջանկության իմաստի մասին...

Եվ լռությունը մեծ անապատի՝ ծերուկ դերվիշի հարցումից հետո նորից ծանրացավ, և հինավուրց Սֆինքսը նորից նայում էր անթարթ՝ անեզր հեռուն: Անցան օրեր, անցան գիշերներ, և դերվիշը, անքուն ու կանգուն, արձանացած նրա առջև, ակնապիշ սպասում էր պատասխանի, և պատասխան չկար:

Եվ երբ անցան օրեր ու գիշերներ, դերվիշը դարձյալ հարցում արավ, և նորից լռությունը մեծ անապատի ծերուկ դերվիշի հարցումից հետո թանձրացավ ու ծանրացավ:

Ճերմակ ալիքները բարկ հովին տված՝ նորից հարցում արավ դերվիշը, և նրա աղաչող ձայնը հնչում էր ամբողջ մարդկության հոգու խորքերից: Եվ երբ լռեց դերվիշը, Սֆինքսը աչքերը բևեռեց դերվիշի աչքերին, և ահա՛ շարժվեցին նրա հավերժալուռ շրթունքները, և անապատի ձայնով պատասխանեց նա.

«Ո՛վ մարդ, արյունի ծնունդ և կրքի ծարավ, քո անմիտ ոգին անհագ տարփում է հավերժ գրգիռի: Երջանկության իմաստը դու անկարող ես ըմբռնել, քո զգացող գոյությունը չարժե իր ձգտումին, և ո՛չ մի նպատակ չարժե, որ նրան ըղձաս:

Սակայն ես ասում եմ քեզ և հավիտյան լռում, գնա՛, և այսուհետ մի՛ վրդովիր իմ երջանկավետ անդորրը:

Գնա՛ և պատգամիր աշխարհին հանուր՝ հարավին, նույնպես հյուսիսին, արևելքին, նո՛ւյնպես արևմուտքին՝ երջանկության իմաստը - չպետք է զգալ, չպետք է խորհել, չպետք է կամենալ, այլ միայն քարանա՛լ, քարանա՛լ, քարանա՛լ...»:

Եվ նորից քարացան հինավուրց Սֆինքսի շրթունքները, և նա՝ հավերժորեն անխռով և անվրդով սևեռեց իր անքթիթ աչքերը դեպի անծայրածիր հեռուները, և նորից խորասուզվեց ծով-հանգստի մեջ:

Եվ անապատի անհուն լռությունը թանձրացավ ու ծանրացավ նորից...

ՍԳԱՎՈՐ ԱՐԱԳԻԼԸ

Մեր պարտեզի բարձր բարդիի վրա, ուր ծառը երեք մեծ ճյուղերի էր բաժանվում, երկու արագիլ, այր ու կին, իրենց բույնն էին հյուսել՝ մի ամուր և մեծ բույն. այնպես որ արագիլները իրենց ձագուկներով հանգիստ տեղավորվում էին այնտեղ:

Ամեն գարուն, ձնծաղիկների երևալուն պես գալիս էին արագիլները, այր ու կին. հսկա թևերը գյուղի վրա ծափ տալով և ուրախ-ուրախ լա՛կ-լա՛կ անելով, գալիս հանգչում էին իրենց վաղեմի բույնի վրա:

Մի քիչ հանգստանալուց հետո սկսում էին աշխատել. թռչում էին, շյուղ, տաշեղ, փետուր գտնում-բերում ու բույնը կարկատում:

Անցնում էր մի ժամանակ, ու մի օր էլ մենք տեսնում էինք արագիլների ամեն մի շարժումը. մեկ տեսնում էինք, թե ինչպես ծնողները փոխնիփոխ դաշտն էին գնում, սնունդ ճարում ու բերում կերակրում ձագերին, մեկ տեսնում էինք, թե ինչպես հայրն ու մայրը ձագերին թևերի վրա առած թռչել էին սովորեցնում, ճիշտ այն կերպ, ինչ կերպ մեր մեծերը մեզ լող էին սովորեցնում գետի խորին տեղերում:

Մի տարի մեծ դժբախտություն պատահեց: Հայր-արագիլը կանգնել էր բույնի եզրին, հսկում էր նորածին ձագերին, իսկ մայր-արագիլը գնացել էր ճահիճը կերակրվելու կամ կեր բերելու:

Քաղաքից որսորդներ էին եկել. այդ անգութները կրակեցին հրացանները և սպանեցին խեղճ մորը:

Օրն եկավ, ճաշ դարձավ. մայրը չեկավ. սպասեց հայր-արագիլը, սպասեց, նորից չեկավ: Երեկոյան մոտ թռավ ճահիճը փնտրելու մայր-արագիլին:

Տեսնելու բան էր, թե ինչպե՜ս խեղճը թևակոտոր ընկավ կնոջ դիակի վրա, լալագին ձայնով լա՛կ-լա՛կ արեց, վեր ու վար թռավ, թևերով երբեմն իրեն գլխին էր խփում, երբեմն՝ չոր գետնին... Մութը որ իջավ՝ թևերը քարշ տալով հասավ բույնը, որբ ձագերին ծվարեց թևերի տակ և լռեց:

Այնուհետև մենք էլ չէինք լսում նրա ձայնը:

Առավոտ վաղ թռչում էր բույնին մոտիկ դաշտերը, գետափերը, աչքը միշտ պահելով բույնի վրա. պարեն էր հավաքում, բերում ձագերին տալիս:

Ձագերը երբ թևավորվեցին, հայրը զատ-զատ վեր էր առնում նրանց և թռչել էր սովորեցնում: Ձագերը թռչում էին գնում դաշտը և ապա ուրախ-ուրախ դառնում բույնը, տխուր հոր շուրջը ծափ տալիս, նրան ուրախացնում:

Եկավ աշունը, և նրանք միասին թռան գնացին:

Հաջորդ գարնանը մեր արագիլը դարձավ եկավ մեն-մենակ:

Բույնը դիտելուց հետո գնաց կանգնեց ճահիճը, կանգնեց կնոջ զարկված տեղի վրա, կանգնեց, կանգնեց և նորից եկավ բույնը:

Եվ ամեն օր գնում էր նա այնտեղ. մի ոտքի վրա ժամերով տխուր կանգնում՝ վիզը ծռած, գլուխը թևերի տակ:

Տեսնում էինք հաճախ, թե ինչպե՛ս մի արագիլ, մի անծանոթ նորը, մոտենում էր նրա բույնին, նրա հետ լա՛կ-լակո՛վ խոսում ու դժկամ հեռանում:

Երբեմն էլ այդ եկվոր արագիլները փորձում էին նստել բույնի մեջ, նրա կողքին, կտուցները քնքշորեն քսում էին նրա պարանոցով, փետուրների մեջ, բայց նա մերժում էր և ուժով բույնից հեռացնում նրանց:

Մի անգամ, մի արագիլ ուղիղ երեք օր դարբաս արեց մեր արագիլին. քանի մեր արագիլը վանում էր նրան, սա նույնքան համառությամբ գալիս էր նորից թևերը փռում մերինի վրա, գլուխը թաքցնում մերինի թևերի տակ, բայց մեր արագիլի սիրտը կոտրած էր, նոր սեր չէր ուզում:

Լուսնկա գիշերին հաճախ տեսնում էինք նրան՝ մենակ թափառելիս դաշտերում ու լսում էինք նրա տխուր լա՛կ-լա՛կը:

Այսպե՛ս, երեք թե չորս տարի ապրեց նա տխուր ու սգվոր, ապրեց մենակ ու կատարյալ այրի:

Ամեն գարնան գալիս էր ու ամեն աշնան գնում. մի աշնան էլ գնաց, և գարունը բացվեց, չերևաց. սպասեցինք, սպասեցինք — չեկա՛վ ու չեկա՛վ:

Բույնը մնաց-մնաց, ինքնիրեն քանդվեց:

ՀԱՎԵՐԺՈՒԹՅՈՒՆ

Պանդխտական ուղիներիս վրա ես հանդիպեցի իմ սերին:

Նստել էի գարնան պարտեզում հասակ առած մի ծառի տակ՝ մենակ ու մտորուն:

Անցավ մի աղջիկ իր ընկերուհիների հետ, այնպե՛ս ուրախ և

վճիտ, ինչպես այն թարմագեղ գարունը, որ թռչունների երգերով փռվել էր ծաղիկների ու սեզերի վրա:
Ես նայեցի նրան, նա նայեց ինձ, և մեր հայացքները գրկեցին իրար:
«Որքա՜ն ծանոթ էր այդ հայացքն ինձ: Ո՞ւր էի պատահել: Երբ եմ տեսել նրան - այնքա՜ն ծանոթ ու վաղածանոթ դեմք... գուցե երազի մեջն եմ տեսել, գուցե իմ հայրենիքում, մանկության օրերիս, խաղացել եմ նրա հետ»:
Եվ ոտքի ելնելով, ստվերի պես հետևեցի նրան. անցավ մի պահ՝ տեսա նրան ընկերուհիներից անջատ, մոլորուն քայլերով շրջում էր պարտեզում:
—Ողջույն,— ասացի ես,— ներիր, եթե ասեմ, որ ինձ թվում է՝ թե ճանաչում եմ քեզ, վաղուց, շատ վաղուց, սակայն ո՞ւր եմ տեսել — չգիտեմ:
—Դու ևս ծանոթ ես թվում ինձ, միայն չեմ հիշում երբ եմ տեսել: Բայց տեսել եմ անշուշտ:
—Ես օտար եմ այս երկրում, սա իմ հայրենիքը չէ, առաջին անգամն եմ շնչում այստեղի օդը: Գուցե դու եղել ես իմ հայրենիքում, իմ հեռավոր հայրենիքում...
—Ո՜չ, իմ հայրենիքից դուրս չեմ եղել երբեք: Ի՜նչ տարօրինակ հանդիպում է սա, ի՞նչ խորհուրդ ունի այս...
—Բայց որքա՜ն հարազատ է, վաղեմի ծանոթ, քո ձայնը, և մանավանդ քո հայացքը. կարծես հազար դարեր առաջ մենք տեսել ենք իրար...
—Այո՜, ավելի քան հազար դարեր առաջ...
Եվ նստեցինք իրար մոտ, և երկար նայում էինք միմյանց,— և մեր հոգիները հանկարծ լուսավառվեցին հավերժի հիշողությամբ — ճանաչեցին իրար իմ հոգին, նրա հոգին:
—Ես ճանաչեցի քեզ, իմ անմահ սեր: Քո այդ հավիտենական քաղցր հայացքը ճանաչեցի ես: Դու իմն ես եղել միշտ՝ արևներից ու աստղերից առաջ,— ասացի ես:
—Ճշմարիտ, դու իմն ես եղել միշտ, իմ հավիտենական ընկեր, միշտ իմը՝ աշխարհի ձևավորումից առաջ, երբ թոհուբոհի մեջ էին ժամանակի և տարածության բոլոր իրերը:
—Այո՜, նազելիս, հիշո՞ւմ ես... մենք հյուլե էինք մի զգացումով, մի կամքով, հավերժության սկզբից ծնված միասին, ձուլված մի

հոգու մեջ: Անհամար դարեր դեգերում էինք խավար տիեզերքի անհայտ ոլորտներում, մենակ և երերուն, բյուրաբյուր հյուլեներից հեռու և մեկուսի:

—Այո՛, մտերիմ ընկեր, մենք իրար գրկած թափառում էինք տարածության անեզրության մեջ՝ միլիոն, միլիոն տարիներ, միլիոն դարեր, որոնք անցան մի վայրկյանի պես, որովհետև մենք երջանիկ էինք:

—Ո՛հ, ինչ ահավոր մրրկապարերի մեջ եղանք, կաղապարվող և քայքայվող արևների մեջ եղանք, բայց միշտ անբաժան ու միացած, անմեկին սիրով, իրարից անհագ...

—Սակայն տարերային ահեղ ուժերը մեզ կիսեցին, բաժանեցին առժամանակ, որ անթիվ դարերից հետո անպարտելի կարոտով բռնկված՝ նորից գտնենք իրար...

—Այո՛, հոգիս, սիրել նշանակում է՝ գտնել իրար...

Եվ քնքուշ ձեռքը դրեց նա ափերիս մեջ:

—Հետո, հիշո՞ւմ ես,— ասացի ես,— գրեթե կես հավերժություն անցավ մեր անջատման օրից: Նորակազմ երկրի վրա էր, վիթխարի ծառերը հասնում էին մինչև բարձր ժայռերի կատարին, ահռելի կենդանիները վխտում էին ջրերում և ցամաքի վրա:

—Հիշում եմ այսօրվա պես: Դու վազր էիր որսում ահագին մահակը հուժկու ձեռքիդ, երբ քեզ տեսա. զգացի, որ միլիոն տարիներ միասին ապրած իմ ընկեր-Հյուլեն էիր: Քո հայացքը հավերժական սիրո լեզուն էր:

—Ես էլ նույնը զգացի և, մղված մի անհաղթ տենչով դեպի քեզ՝ թողեցի որսը: Եվ քո ցեղակիցների հետ մահի և կյանքի կռիվ տալով՝ հափշտակեցի քեզ և արագ տարա հեռավոր անտառի մեջ մի քարանձավ:

—Հետո, դու մի օր եկար որսից մի հսկա գերան ուսիդ դրած՝ մի ծայրին վարազը ջախջախված գլխով, իսկ մյուս ծայրին — ուրախ, փայլուն, ճարճատուն վարդը՝ նորագյուտ կրակով: Ի՜նչ հրաշալիք էր:

—Ահ, ինչ սարսափելի և սքանչելի օր էր այդ: Ես անտառումն էի, որոտում էր երկինք ու երկիր, ամպերը քարի ծանրությամբ կախվել էին գլխիս, անձրևը հեղեղում էր,— և հանկարծ ահեղ կայծակը հզոր սրի պես զարկեց սարի կատարին. ծառը իսկույն բոցավառվեց, ես փախա վախից. ապա հետաքրքրված մոտեցա: Ծառի ճյուղերը հալվում էին, ուրախ-ուրախ ճիչեր արձակելով.

ավելի մոտեցա, թրջված էի անձրևից և մրսում էի. շատ հաճելի թվաց ինձ երկնքից ընկած այդ թրթռուն, խայտուն, կարմիր կրակը: Տաքանում էի՝ հիացած աչքերս չհեռացնելով այդ երկնային գեղեցկությունից, երբ զգացի մի քաղցր հոտ՝ մինչև այդ օրը անծանոթ մարդկային հոտոտելիքին: Նայեմ՝ ինչ տեսնեմ — սպանված վարազս, որ ընկած էր գետնին, մի այրվող ճյուղ հասել էր նրան և խորովում էր վարազի ազդրը: Դուրեկան հոտը գրգռել էր ախորժակս. փորձի համար խորոված տեղից կերա... այնպիսի անզերազանցելի ճաշակ ունեցա, որի նմանը չունեցա իմ դարավոր վերապրումների ընթացքին այլևս:

Հիշո՞ւմ ես, այնուհետև մենք միշտ խորովում էինք միսը: Ի՞նչ համեղ սեղաններ ունեինք:

—Այո՛, իսկական հրաշք էր... Երբ վառվող գերանը քարանձավը բերիր, ես սկզբում վախեցա, երբ սովորեցի, էլ չէի հեռանում կրակից: Դու գնում էին անտառ, ծառեր էիր կտրում ու բերում, իսկ ես հսկում էի, միշտ նոր փայտեր ձգելով, որ չհանգչեր կրակը:

—Ի՛նչ անուշ օրեր ունեցանք այդ երկնային կրակի շուրջը: Մեր երեխաները մեծացան նրա օրհնության տակ, ձմեռը առանց մրսելու քնում էին նրա շուրջը, և նույնիսկ վայրագ գազանները վախենում էին մեր բնակարանին մոտ գալու: Հիշո՞ւմ ես, որպիսի խորին ծերության հասանք մենք:

—Եվ հեռավոր տեղերից, իմ սիրելի ընկեր, գալիս էին մարդիկ մեր կրակից տանելու: Այո՛, գալիս էին մեր անձավը ուխտի: Սուրբ երդ էին կոչում մեր կրակատեղը և սուրբ երդաստան՝ մեր բնակարանը: Եվ ապա այդպես կոչվեցին բոլոր մարդկանց կրակատեղին ու բնակարանները, ուր կին կար, միշտ կրակը վառ պահող և սրբազան կրակը՝ երդի մեջ:

—Այո՛, հոգուս հատոր, ինչպե՞ս չէ: Այդ դեպքի շնորհիվ շատ բան փոխվեց մարդկային կենցաղում. կանայք այր մարդկանց հետ որսի չէին գնում, այլ մնում էին տանը՝ հոգ տանելով կրակի վրա, իսկ միայն այրերս էինք գնում սար ու ձոր, դաշտ ու անտառ, սնունդ հայթայթելու համար: Պայքարում էինք ամեհի կենդանիների հետ: Եվ այդ իմ հավիտենական կյանքիս ամենաերջանիկ օրերն էին:

—Դրանից հետո, ես հիշում եմ մեր նոր վերածնունդը: Դա՝ նվիրական Հիմալայի գրկումն էր, հավերժական գարունի պարտեզում, չքնաղ Քաշմիրի հովտում: Ես մի դեռափթիթ աղջիկ էի, իսկ դու՝ մետաքսավարս այծերի հովիվ, քաղցր սրինգը միշտ շրթներիդ վրա. մենք հանդիպեցինք մի երեկո ծաղիկների մեջ... մեր հայացքները համբուրվեցին իրարու հետ...

—Հիշում ես, նազելիս, վերջալույսին էր, ես ժպտացի՝ քեզ նվիրելով անթառամ ձյունավարդերի մի փունջ, որ քաղել էի Հիմալայի բարձր ապառաժների կողերից: Մենք նորից գտանք իրար մեր մշտանորոգ սիրով ու կարոտով, բայց, ավա՜ղ, ինչ կարճատև եղավ մեր երջանկությունը: Հյուսիսից բարբարոս հրոսակները ներխուժեցին մեր դրախտային հայրենիքը, հրի ու սրի տվին գյուղ ու խրճիթ, տարան մեր հոտերը. քեզ ևս, իմ հոգուս հոգի, ուզում էին տանել, որովհետև դու միշտ աննման գեղեցիկ էիր. ես դեմ կեցա, սրի հարվածը կուրծքս պատռեց, սրտախոց ընկա, այլևս չգիտեմ՝ ինչ եղավ...

—Ես չբաժանվեցի քո մարմնից, իմ նվիրական սեր: Երբ քեզ թրատում էին, ես ձեռքովս և ատամներովս բռնել էի սուրը և նույն սուրը խրեցի իմ սիրտը... Ա՜խ, արտասվալի վախճան, ողբալի բախտ...

—Սակայն անտեղի է ողբալը այժմ: Անընկճելի կարոտով դեպի քեզ ես վերստին մարմին առա: Ոսկեբաշ առյուծ էի Լիբիական կիզող անապատում, քեզ էի որոնում և չէի գտնում: Օրեր հրեղեն կարոտից տոչորված՝ մռնչում էի բոցափայլ անապատում, և շնչիս տակ դեղին ավազը շատրվանի պես վեր էր ցայտում: Մխրճվում էի անապատի խորքերը քեզ որոնելով միայն, և — հանկարծ հեռվից հոտոտեցի քո խենթացնող բուրմունքը...

—Իրական կերպով, այս վայրկյանիս, իմ հավերժ սիրելիս, վերհիշում եմ ահավոր կարոտիդ սոսկալի մռնչյունը, որ դող ձգեց հոգուս մեջ: Զգացի քո հարազատ շունչը, որ միշտ փռված էր հոգուս մեջ հավիտյաններից ի վեր: Անդիմադրելի ուժով տարված՝ սլացա դեպի քեզ: Ի՜նչ երջանիկ էի քո հզոր հովանու ներքո: Քո սպառնալի ստվերից զարհուրած՝ չէին համարձակվում ինձերն ու վագրերը մոտենալ մեր որսատեղի սահմաններին անգամ:

—Մի դեպք ինձ ծայր աստիճան հուզում է մինչև օրս. հիշում եմ, իմ քնքուշ ընկեր, այս անգամ մենք գեղեցիկ Հելլադայում էինք: Ես մի աղքատ քանդակագործ էի: Մի փառաշուք տոնահանդեսի պահին էր. սիրո լույսերի մեջ մենք ճանաչեցինք միմյանց, իմ հոգին տեսավ քո հոգին, թեև ուրիշ կեղև էինք հագած: Դու ոստանիկ տիկինների բույլի մեջ էիր, մեր հայացքները իրար հանդիպեցին: Ապա ես կորցրի քեզ, ողջ Հելլադան ոտքի տակ առա և բոլոր կղզիները թափառեցի, բայց քեզ չգտա: Դարձա մենավոր խուցս և գիշերներն անքուն ճգնությամբ լուսեղեն մարմարիոնի մեջ մարմին տվի քո աստվածային դաշն ձևերին, որ բարու և գեղեցիկի գաղափարն էին ինքնին: Եվ գիտեմ, որ անպարփակելի սիրով բռնկված և հոգնատանջ աշխատանքների մեջ հալ ու մաշ՝ կիսախելագար դեգերում էի հրապարակներում և ծովերի ափերում...

—Անհուն թախիծով հիշում եմ, իմ անմահ ընկեր, հիշում եմ այն հանդիսավոր օրը, հիշում եմ քո հավերժական հայացքը, որ այլևս այն կյանքում չողջագուրեց ինձ: Սակայն տարիներ հետո ես տեսա այն մարմարիոնը, որ ողջ Հելլադան իմ երկվորյակն էր համարում և իբրև արվեստի հրաշալիք: Ես ներշնչումով՝ համարեցի այդ անդրին ստեղծագործումը այն երիտասարդի, որի դյութական հայացքը բազմաժխոր ամբիոնի միջից անեզրական սիրով խոսեց իմ հայացքի հետ:

Սակայն զարմանալին այն է, որ յուրաքանչյուր մեր անձնավորումի ժամանակ, որքան էլ որ փոխված էին լինում դարն ու վայրը, և թե մեր հոգու մարմին առած ձևերը, բայց և այնպես մենք իսկույն անվրեպ ճանաչում էինք իրար, մեր հայացքների մեջ խոսող հոգին բնավ չէր փոխվում:

—Հիշո՞ւմ ես, սրտագին ընկեր, հարափոփոխ մարմնառումների ընթացքում մենք մի անգամ շատ բախտավոր հանգամանքով կենակցեցինք:

—Ո՞րն ես մտաբերում, նազելի քույրիկս:

Եվ նա լուսեղեն ձեռքը դրեց ուսիս և սրտի ձայնով ասաց.

—Չե՞ս հիշում միթե... մենք սրբազան Բենարեսի շքեղ հովտումն էինք, Գանգա գետի ափում, դու և ես, իրար այնպես մերձ, երկու շուշան, հովիտների քնքուշ շուշան, մեղմ սյուքի հպումից մենք իրար գրկի մեջ թալկանում էինք և իրար հոգու բույրով արբում: Բուդդհան անցնում էր իր աշակերտներով, տեսավ մեզ, երբ մենք իրար գրկում էինք, նա ցույց տվեց մեզ աշակերտներին և ասաց.

«Նայեցեք այս չքնաղ էակներին, ինչպիսի՜ երկնային սիրով սիրում են նրանք իրար, այս ծաղիկ հոգիները: Ճշմարիտն եմ ասում ձեզ, իմ ավետած Նիրվանան — ահա՛ այս գերերջանիկ սերն է — այսպես սիրեցեք միմյանց, իմ աշակերտներս»,— և ծունկի ելավ, համբուրեց մեզ ու գնաց: Եվ կարծես մեր սրտի խորքերից էր, որոնցով նա բարբառեց:

—Հիշում եմ, հիշում եմ, նազելիս, երբ նա գնում էր, աշակերտներից մեկը քաղեց մեզ և տվեց մեծ ուսուցչին: Բուդհան մեղմորեն հանդիմանեց նրան, ասելով.— «Ինչո՞ւ ցավ պատճառեցիր նրանց»:— Եվ նա գթությամբ փայփայեց մեզ, և մենք թառամեցինք միասին, գերերջանիկ՝ նրա աստվածային ափի մեջ:

—Այո՛, գերերջանիկ ապրեցինք, գերերջանիկ մեռանք, բայց, հոգուս ընկեր, ամեն անգամ մեզ չվիճակվեց գտնել իրար: Ա՜խ, ինչքան անգամ իմ հոգին աշխարհ եկավ, սպասեց կարոտով ու փափագով քո հոգուն, բայց չհանդիպեց երբեք: Ինչքան անգամ լացել եմ ու լացով թափառել որոնելու քեզ: Երազներով քուն եմ մտել և զարթնել եմ նորից մենավոր: Քանի անգամ հոգիս որբ մնաց բյուրավոր մարդկանց մեջ, թեև շատ շատերը ինձ իրենց սերն էին նվիրաբերում: Իմ դարավոր մարմնացումների մեջ քանի անգամ ամուսնացա, սակայն երբեք չսիրեցի իմ ամուսիններին, որոնց կույր, անմիտ պատահմունքն էր բերել իմ ճանապարհի վրա և ոչ թե այն հավերժական անսկիզբ սերը, որ ոգևորել ու կիզել էր մեր հոգիները՝ հյուլեական գոյությունից մինչև այսօր և մինչև հավիտյան: Ավա՜ղ, շատ եմ տառապել ես...

—Այո՛, նազելիս, նույն դառն գոյությունները վիճակվեցին նաև ինձ շատ ու շատ անգամ: Հաճախ մնացի ամբողջ կյանքիս մեջ մեն-մենակ: Ծերացա՝ երազելով անմահ սիրուս զգվանքներին: Հաճախ անիծել եմ, որ մարմին եմ առել այս ներհակ ու չար ուժերով լի աշխարհում:

Օ՜հ, առանց քեզ ինչ հրեշային տանջանք էր ապրելը: Մի անգամ անվերջ որոնելով քեզ, հուսալքված բախտս կապեցի մի աղջկա հետ, որի հայացքը հեռավոր նմանություն ուներ քո աստվածային հայացքին, սակայն դժբախտ եղա շատ: Անսեր միությունը զարհուրելի մղձավանջ դարձրեց բովանդակ կյանքս:

Ա՜խ, չարաչար, չարաչար տառապեցի:

Բայց մի անգամ, նազելիս, մի զարմանալի և շատ սրտահույզ հանդիպում ունեցա: Որսորդ էի, լեռների վրա պատահեցի մի քնքուշ եղնիկի, առանց երկյուղի կանգնեց նա և նայեց ինձ այնպիսի՜ մտերիմ, այնպիսի՜ սիրատոչոր հայացքով, սրտի, հոգու հայացքով: Ես հասկացա նրան, փայփայեցի նրան, համբուրեցի նրա երազուն աչքերը և տարա տուն: Եղնիկը գրկիս մեջ հանգիստ նիրհեց՝ աչքերը կրծքիս սեղմելով:

Մինչև իր մահը խնամեցի և զգվեցի նրան, որ երեխայի պես հանգչեց բազուկներիս վրա:

Իմ ձայնը մարեց սրտիս լուռ հեկեկանքի մեջ: Իջավ մի թախծալի լռություն:

—Սակայն դարեր հետո, իմ բյուր սիրելիս, մենք նորից բախտ ունեցանք իրար պատկանելու,— լռությունը խզեցի ես: Անշուշտ, չես մոռացել, որ ես վիկինգ էի անվախ, անվեհեր, իմ անղեկ նավակի վրա՝ սանձելով Ատլանտիկի գոռ ալիքները, հասա Ալբիոնի եզերքին, և քեզ առևանգեցի հենց քո հոր գրկից, որ ափերի իշխողն էր: Դու նայեցիր իմ աչքերի մեջ և կարդացիր հոգիս և ճանաչեցիր անսկիզբ ժամանակների քո վաղեմի ընկերին, կարոտով փաթաթվեցիր պարանոցիս՝ չխճալով քո մոր աղերսանքներին: Հիշո՞ւմ ես, դու մի ոսկեհեր աղջիկ էիր նոճիի պես սլացիկ:

—Հիշում եմ, հիշում եմ, հավիտյանների իմ մտերիմ, ի՜նչ կտրիճ էիր դու, արևակեզ, զինավառ, առյուծի բաշով: Հայրս քեզ անհամար ոսկի առաջարկեց փրկանքի համար, բայց ես լալիս էի և չէի ուզում քեզնից անջատվել, և դու արհամարհանքով մերժեցիր հորս պատգամավորներին:

Դու Սկոնիայի ափերում, բարձր ժայռերի կատարին, արծվի բույների վրա, ամրոց ունեիր հայրենավանդ: Մենք ապրում էինք այնտեղ: Դու արշավում էիր, ավարում մինչև Իսպանիայի և իտալիայի ափերը, և վերադառնում էիր գանձերով ու բերքերով:

Բայց մեր սերը այս անգամ շատ դժբախտ վախճան ունեցավ ավա՜ղ, ավա՜ղ... Մխիթարական էր միայն այն, որ մեր երկու սիրուն զավակները ողջ մնացին: Հիշո՞ւմ ես այն ոսկեզանգուր կորյուններին...

Եվ հորդ արցունքների մեջ խամրեցին նրա աչքերը:

—Մի՛ լար, նազելիս, մի՛ լար, գիտեմ, դու վերհիշում ես այն սոսկալի ժամը, երբ մի օր մենք զբոսնում էինք օվկիանոսում: Այո՛, մեր որդիները որսի էին գնացել, մեզ հետ չէին: Հանկարծ ինչպիսի հզոր փոթորիկ բարձրացավ, անզուսպ հորձանքները մեր նավակը զարկեցին ապառաժներին, և ջրերը կլանեցին մեզ: Մենք իրար գրկած սուզվեցինք անդունդի մեջ: Բայց դու հզուր ես լալիս, չէ՞ որ խավարը երկար չպատեց մեր հայացքը, չէ՞ որ մենք շատ անգամներ վերստին հարություն առանք, վերստին գտանք իրար: Բայց ես մշտապես վերհիշում եմ մի վսեմ վերածնունդ, որը դու ևս անկասկած չես մոռացել: Ես երիտասարդ ասպետ էի հայկական այրուձիի մեջ, ընկերներիս հետ գնում էի մեր երկիրը պաշտպանելու: Մեր հայրենիքի վրա կատաղած արշավում էին պարսկական անհամար զորքերը, նրանք գալիս էին ընկճելու մեր հայրենիքը: Մեր վաշտը անցավ մի քաղաքով, հրապարակի վրա կանգ առանք,— և մի ապարանքի պատշգամբում ես տեսա մի չքնաղ, մանկափթիթ աղջիկ, այդ՝ դու էիր, մեր հայացքները համբուրվեցին նորից, դու մի վարդ նետեցիր ինձ, մենք նայեցինք վերջին անգամ միմյանց, և հնչեցին շեփորները, և սլացանք մեր նժույգները: Ես գնացի և անձնուրաց ճակատամարտի մեջ ընկա Ավարայրի կարմիր հողերի մեջ՝ քո սուրբ պատկերը հոգուս մեջ գրկած:

—Գիտե՛ս, սիրելիս, ես որքան սպասեցի քո վերադարձին, աղոթում էի և սպասում, հուսալքվում էի և նորից սպասում: Թափառիկ գուսանները ներբողում էին ասպետների անձնվեր ճակատումները և սխրալի գործերը, և նրանք, անշուշտ, քեզ էին ներբողում, քեզ, իմ քաջին, իմ կտրիճին, որ այլևս չեկավ...

Տուն դարձան շատերը, իսկ դու չկայիր... Հալվեցին ձմռան սառույցները, գարունը եկավ, ծիծեռնակները վերադարձան իրենց բույները, իսկ դու չդարձա՛ր, չդարձա՛ր... Գիտես, այդ վիշտը սուրի պես ծայրեծայր խոցեց, մնացի անհույս և անայցելու. սփոփանքի համար վանք մտա, կուսագրվեցի և մենակության ու լռության մեջ լացի, և ճգնեցի, և աղոթեցի քեզ համար, մինչև որ աչքերս փակեցի՝ միանալով քո հավերժաբար սիրած, պաշտած հոգուն...

—Դու նո՞րից լաց ես լինում, իմ հոգուս հոգի, բայց ինչո՞ւ: Մի՞թե դու չգիտես, որ այս է մեր անվախճանալի ճակատագիրը — անջատում և միացում, միացում և անջատում, այսպես անհամար անգամ, որովհետև մեր սերը ինքնին հավերժությունն է, որ եղել է միշտ, որ կա և կլինի միշտ...

Մահը մեզ համար ժամանակավոր նիրհ է եղել և հանգիստ միայն, երբեմն՝ փափագ՝ ազատվելու տանջալից, անդաշն վիճակներից...

Եվ դարերից հետո վերստին մեր շրթունքները անհուն երանությամբ հպվեցին իրար, և մեր հոգիները անսկիզբ և անվախճան համբույրի մեջ վերստին միացան իրար, և մեր հայացքները վերստին հալվեցին իրարու մեջ...

ՍԱԱԴԻԻ ՎԵՐՋԻՆ ԳԱՐՈՒՆԸ

Գարուն էր:

Մեկը այն անհամար գարուններից, որ զարդարել են երկիրը, և որոնցից հարյուր հատ ապրեց երջանկության և տխրության բանաստեղծը՝ Սաադին:

Առավոտ շատ վաղ զարթնեց Սաադին. իջավ պարտեզը, որ ծաղկում էր Ռոքնաբադ գետի ափին: Նորից լսելու համար բլբուլների երգը և տեսնելու համար գարնան հրաշքը:

Նայեց Շիրազի դաշտին, որ մանկության շնորհներով ու վարդերով պճնված՝ վաղորդյան նիրհին էր առնում՝ պարուրված բուրալից ճերմակ շղարշներով:

Նստեց ծաղկած հասմիկի տակ, Սպահանի գորգի վրա, և բռնեց դողդոջ մատներով վարդենու նոր բացված կարմիր-կանաչ կոկոնը և մրմնջաց յուրովի.

«Ինչպես մատաղ աղջիկը ժպտում է զգվող սիրեկանին, այնպես էլ վարդը իր շրթերն է բանում առավոտյան հովիկին»:

Թեև շա՛տ ծերացել էր Սաադին, սակայն նրա հոգին երազի աչքերով և ականջով երազի՝ տեսնում էր ու լսում աշխարհի չքնաղ իրերն ու ձևերը, երգերն ու լռությունը անհայտ ոլորտների, որովհետև տակավին զրույց էր անում նրա հետ բանաստեղծության կախարդ ոգին - Զմրուխտ թռչունը, որ իր հավերժական բույնն էր կերտել Կաֆ լեռան գագաթին, աստղերի մեջ...

Երգում էին բլբուլները՝ գորշ զգեստ հագած և լուսեղեն աչուկներով. երգում էին իրենց դյութական ռուբայաթները սիրո կրակով կրակված, — ու երգում էին Սաադիի սրտի մեջ:

Քնքուշ հովը վարդերի ականջներին կուսական շնչով

բարևագրեր էր շշնջում, որ բերել էր հեռավոր սիրահար վարդերից,— և կարդում էր Սաադիի հոգին սիրո բարևագրերը...

«Սիրող սիրտը լսում է միշտ այն բոլոր խոսքերը, որ մրմնջում են իրերը: Աշխարհը լի է հնչուն դաշնակություններով: Աշխարհը թրթռում է անվախճան և սիրավառ արբեցումով», — հիշեց Սաադին իր հին խոսքերը:

Ականջը բլբուլների երգերին և սպիտակ գլուխը կարմրափթիթ վարդերի մեջ սուզած՝ ծծեց Սաադին հեշտության բույրերը, և բույրերով գինովի՝ աչքերը գոցեց. — և տեսավ աշխարհը իր հոգու մեջ, ինչպես երազի մեջ մի երազի:

Տեսավ Հնդու խաղաղության գետերը սրբազան լոտոսներով օծուն:

Տեսավ իմաստուն փղերին, որ խորհում են մթին ջանգլաների մեջ:

Եվ Դեհլիի ոսկեդիպակ ապարանքների մեջ սիգաճեմ աղջիկներին տեսավ՝ գիշերագեղ մազերի մեջ կարմիր նունուֆարներով:

Տեսավ Թուրանի մրրկաշունչ տափաստանները և մրրիկների մեջ խոյացող ամեհի հեծուզակներին՝ կայծակե թրերով:

Տեսավ նույնպես անապատը բոցակեզ, բեդվինների նժույգների վազքը սրարշավ առյուծների ետնից՝ արծիվների թևերի տակ:

Եվ երկյուղած ուխտավորների անծայր քարավաններ տեսավ. Աղոթքով ու երգով Մեքքայի դարբասների առաջ նրանց ծունկի գալը:

Եվ տեսավ Մսրա աշխարհի հնագեղ հրաշքները և կապույտ ծովերի ծփուն բյուրեղը: Եվ Դամասկոսի թավիշ աղջիկներին, լուսնկա մարմնով, որոնց երկար ու քնքուշ ձեռները, մանյակի պես, փաթաթվել էին երիտասարդ Սաադիի պարանոցով...

Սաադին հառաչեց՝ աչքերը բանալով.

—Ավա՜ղ, անցավ հարյուր տարիս մի գիշերվա երազի պես, թռավ թեթև մի վայրկյանի մեջ, որովհետև դուք միշտ ուղեկցում էիք ինձ, ո՜վ հեքիաթ, ո՜վ բլբուլներ ու վարդեր, և դո՜ւք, վարդերի քույր շնորհագե՜ղ աղջիկներ...

Երկնքի երփնավառ պարտեզների միջից դուրս բխեց արեգակը, և հուրհրացին ամեն թերթ ու փերթ, ամեն քար ու գուղձ, որովհետև գիշերը ադամանդի փոշի էր շաղ տվել բոլոր նրանց վրա:

Սաադին նայեց շուրջը խորունկ ու հետաքրքիր հայացքով. Նայեց երկնքի կապույտ վրանին՝ արշալույսի մեջ թաթախուն, ոսկու մեջ ճախրող թռչուններով:

Նայեց այնպես զարմացած և սքանչացած.

—Այո՛, հրաշք է աշխարհը, հեքիաթ է, գեղեցիկ և անհուն զարմանալի:

Եվ ամեն օր նայում եմ աշխարհին և ամեն օր զարմացած, կարծես առաջին անգամն եմ տեսնում աշխարհը. — աշխարհը՝ առօրյա և միշտ հիասքանչ, աշխարհը՝ հնօրյա և միշտ նորաստեղծ, հավիտենական մի անծանոթ հրապույրով առինքնող:

Սաադին նորից նայեց աշխարհին. տարերքի այս բազմազան ու հրաշազան խաղին, երբ աչքին ընկավ երկու տատրակ, որ կարմիր տոտիկներով շրջում էին կանաչ մարգերի վրա, քաղցր գըվգըվալով. և նորից խոսեց իր սրտում.

—Կախարդված է աշխարհը, և բոլոր իրերը հմայված են մի անտեսանելի վհուկի դյութական գավազանով, և հեքիաթացած է ամեն բան:

—Աշխարհը գլխիվայր հոսում է, քայքայվում է ու ձևալուծվում, և ի՞նչն է, որ նորից կերտում է ու կաղապարում այս հոյակապ աշխարհը, և մեր հոգու շուրջը փռում այս հրաշքն ու հեթիաթը:

Ո՞վ ստիպեց եղնիկին, որ պապակ սրտով մագլցի սեպ ժայռերը՝ եղջյուրները քարերին փշրելով ու տարփալից մռնչյունով թավուտները թինդ հանե:

Ո՞վ ստիպեց, որ վարդը ճեղքե իր զմրուխտյա զրահը և բուրե հեշտագին:

Ո՞վ ստիպեց մարդուն, որ անհայտից բխե ձև ու հոգի առած՝ մտածելու և տառապելու համար. զգալու հուրը մեզ այրող ըղձանքի և չըփափագի երբե՛ք մեռնելու:

Ո՛վ սեր, դո՛ւ անպարտելի ստիպմունք, դո՛ւ քաղցր բռնություն. ես վաղո՛ւց ճանաչում եմ քեզ: Սակայն բնավ չհասկացա քո խորքն ու խորհուրդը...

Եվ տեսանողի հոգով նախազգաց Սաադին, որ այս վերջին գարունն է, որ ինքն ապրում է:

Վերջի՛ն գարունը:

Պարտեզի դռնակը բացվեց:

Սպիտակ շղարշները հովին ծփծփուն՝ ներս մտավ Նազիաթ,

Սաադիի սիրած շիրազուհին, որ միշտ այցի էր գալիս ծերունի բանաստեղծին:

Նազիաթի զինեվետ շրթները և հոլանի թևերի լույսն ու կրակը շա՜տ անգամ արևազարդել էին դարևոր Սաադիի անքուն գիշերները:

Սաադին սիրում էր նրան իր անթառամ սրտի երիտասարդ ավյունով, և ոսկի բառերով քանդակել էր նրա պատկերը անմահ «Գյուլստանի» մեջ:

Նազիաթ՝ վարդերի փունջը գրկին, մոտեցավ բանաստեղծին և վարդաբույր ձայնով ողջունեց:

Տխուր էր Սաադին: Հառաչանքը թրթռում էր նրա գունատ շրթներին:

—Ինչո՞ւ ես տխուր, դո՛ւ, ամենաերջանիկը մահկանացուներիս մեջ: Ինչո՞ւ ես տխուր:

Սաադին լուռ էր:

—Ես սիրում եմ քո տխրությունը, ո՛վ Սաադի, իմաստուն է քո թախիծը. և դու ասել ես քո աստվածային լեզվով, թե մարգարիտը վերքից է, որ կծնի, և խունկը այրվելով է, որ իր անուշ հոգին կբուրե:

Սաադին նայեց Նազիաթին դալուկ ժպիտով:

—Տե՛ս, վարդեր եմ բերել քեզ համար, իմ պարտեզի թավիշ վարդերից:

Եվ ծերունուն պարուրեց վարդերով և լուսեղեն մատներով շոյեց բանաստեղծի ճակատի մռայլը:

—Քո շնորհած վարդերը, ո՛վ դրախտի աղջիկ, աշխարհի ամենաչքնաղ վարդերն են եղել միշտ և երբեք չեն թառամել:

—Այո՛, Սաադի. «Ինչո՞ւ վարդը հոտոտելիս խորհել նրա վաղանցուկ շնորհի մասին: Պահի՛ր հիշատակը բույրի, և դյուրին կլինի մոռանալը, որ վարդը թառամած է վաղուց»:

Արծաթի ձայնով արտասանեց Նազիաթ բանաստեղծի վաղեմի խոսքերը:

Եվ նրա երազաբույր վարսերը զգվեցին Սաադիի դեմքը, երբ Նազիաթ ծունկի եկավ բանաստեղծի մոտ, և պարտեզում մի անուշ հով ծիածանի թևերը թափահարեց Սաադիի գլխի վերևը — այդ Զմրուխտ թռչունի չքնաղ թևերն էին, որ ծուփ եկան, երբ Սաադին դողդոջ մատներով շոյեց Նազիաթի երազաբույր վարսերը:

Եվ ապա Սաադին հոգու խորին հատակից նայեց մեկ՝ իր շուրջը բռնկած հեքիաթ-աշխարհին, մեկ՝ իր առջևը՝ լուսաժպտուն հրաշք-աղջկան, և զգաց տաք արցունքի մի կաթիլ իր հին սրտի մեջ, և բռնելով աղջկա փոքրիկ ձեռքը, համբուրեց ու դրեց լացող սրտի վրա՝ ասելով.

—Քո շուշան մատներով գրի՛ր «Գյուլստան»-իս հետին էջի վրա իմ այս վերջին խոսքերը.

«Ծնվում ենք ակամա, ապրում ենք զարմացած, մեռնում ենք կարոտով...»:

ԱՀՄԵԴԻ ՈՒՂՏԸ

Ահմեդը հինգ ուղտ հետևը ձգած գնում էր քաղաք:

Արևը սաստիկ այրում էր, ծարավը մարդու շրթունքը պատառ—պատառ էր անում:

Եղավ որ՝ հենց կիզիչ կեսօրին հանդիպեց մի աղբյուրի. որ ճանապարհի ափին ուրախ ու պայծառ քչքչում էր ծառերի զով ստվերի տակ:

Ահմեդը ուղտերը քաշեց աղբյուրի գուռների վրա, լավ ջրեց, ինքն էլ մի կուշտ խմեց, հետո երկար ու մեկ փռվեց ստվերի հովին:

Ո՛չ արթուն էր, ո՛չ քնած, մի հաճելի թմբիր զով ստվերի հետ իջել էր նրա հոգնած անդամների վրա:

Երբ կեսօրը կոտրվեց՝ Ահմեդը ուշքի եկավ, նայեց տեսավ ուղտերի մեկը չկա. կանգնեց քարերի գլխին, դիտեց չորս դին— բան չէր երևում. միայն բավական մոտիկում, մի գյուղ ծառերի միջից ճերմակին էր տալիս:

Շտապով ոտքի հանեց ուղտերը, գնաց գյուղ:

Մի պառավ կին պատահեց նրան գյուղի ծայրին:

—Նանի՛, — ասաց Ահմեդը,— ուղտս կորել է, չե՞ս տեսել, աչքիդ չի՞ ընկել: Է՛սպես— է՛սպես մի ուղտ:

—Ես քո ուղտի դա՞րդն եմ,— զայրացած ասաց պառավը.— իմ

կտրիճ աքլորն է կորել, ման կուգամ, ման կուգամ, չեմ գտնի, քո ուղտը աչքի՞ս կերևա. արի առաջ-առաջ աքլորս ման գանք գտնենք, հետո քո ուղտը:

Ահմեդը գլուխը ժաժ տալով մտավ գյուղը, ուղտերը պահ տվավ գյուղի տանուտերին ու ինքը գնաց կորուստը փնտրելու:

Գյուղից դուրս տեսավ մի մարդ, պարկով ցորենը դրել է գետնին, պարկի մի կողքը պատռվել է, ցորենը բուռ-բուռ թափվել է ճամփի երկայնքով. խեղճ մարդը մեկ՝ ցորենն է հավաքում, լցնում պարկը, մեկ՝ մատներով գետինն է քրքրում, հողն մաղմղում:

—Ա՛յ, մարդ, ուղտս է կորել, էստեղով չի՞ անցել, տեսած չունի՞ս էսպես-էսպե՛ս մի ուղտ:

—Ես գլուխս եմ մոլորել, նեղսրտած ասաց մարդը,— երեխաներիս ապրուստը հող դարձավ. ասեղս եմ կորցրել, ասեղս, որ պարկս կարեմ, երթամ տուն. քո ուղտդ աչքի՞ս կերևա. արի առաջ-առաջ ասեղս փնտրենք, հետո քո ուղտը:

«Խենթ են էս մարդիկը»,— փնթփնթաց Ահմեդն ու առաջ գնաց:

Ում որ դիմեց, նույն պատասխանն էր ստանում, թե ի՞նչ է, բան ու գործ չունեինք, քո ուղտի՞ն պիտի աչք պահեինք:

Ահմեդը վշտացած մարդկանցից ու հույսը կտրած՝ գյուղ վերադարձավ. մի ծառի տակ նստավ, գլուխն առավ ափերի մեջ տխուր-տխուր միտք էր անում. քունը վրա հասավ, և հոգնեբեկ Ահմեդը աչքերը գոցեց. քունն ու երազ տեսնելը մեկ եղավ. տեսավ, որ իր մայրն եկավ, Ահմեդի գլուխը շոյեց ու ասաց.

«Որդիս, մի՛ տխրիր, ուղտդ կորած չէ. միայն այս աշխարհիս բանն այսպես է, որ առաջ ուրիշի կորուստը պիտի փնտրես, որ ուրիշն էլ քո կորուստը փնտրի. Մի՛ մեղադրիր մարդկանց, ամեն մեկի համար իր աքլորն ու ասեղը քո ուղտի չափ է»:

Ահմեդը զարթնեց և վազեց պառավի մոտ:

—Նանի, աքլորդ գտա՞ր,— հարցրեց Ահմեդը:

—Չէ՛, որդի, չէ՛:

—Արի, միասին փնտրենք,— ասաց Ահմեդը:

Եվ երկուսով ընկան գյուղի երդիկներն ու կալերը. մինչև ուշ երեկո որոնում էին կորած աքլորը. հանկարծ պառավը սրտապատառ գոչեց.

—Ահա՛ աքլորս, կտրիճ աքլորս, պատի տակ նստել է:

Աիմեղը վազեց դեպի աքլորը, սա էլ վախեցած թևերը թափ տալով վազեց դեպի դաշտերը. Աիմեղը հետևից, աքլորը առջևից, աքլորը վազելով, Աիմեղն էլ հետևից վազելով, վազելով...հանկարծ մեկ էլ աչքի առջևը իր ուղտը, հենց իր ուղտը, որ կանաչի մեջ նստած հանգիստ որոճ էր անում: Աիմեղի ուրախությանը չափ սահման չկար. մեկ ձեռքին աքլորը, մյուս ձեռքին ուղտի պարուսանը - խնդումերես մտավ գյուղ:

ՇԻԴՀԱՐ

1

Թափառական Շիդհարը վեր բարձրացրեց մտազբաղ աչքերը, որոնց վրա արևակեզ ճակատի խորշոմներն էին իջել:

Եվ տեսավ զարմանքով, որ որ ա՛յն վաղեմի ծանոթ ծովը, որի շառաչուն ափերով ինքն անցել էր մի քանի անգամ իր դարավոր թափառումների անկայան ընթացքում, հիմա մի ծարավուտ և տատասկոտ անապատ է դարձել:

Եվ տեսավ, որ նախկին ծովի կանաչ ալիքների փոխարեն, որոնց վրա նավերն էին օրորվում փետուրի պես, հիմա ավազի դեղին ալիքներն են գալարվում անապատային առյուծի բաշերի պես:

Եվ նավերի փոխարեն դանդաղ քայլում է քարավանը խուլ ղողանջումով:

Երկաթեղեն ոտներով մոտեցավ նա քարավանի պետին և խլաձայն հարցրեց.

— Քանի՞ ժամանակ է, որ այստեղ անապատ է գոյացել:

— Խե՛ղճ ծերուկ, խելքդ թռցրել ես,— բարձրաձայն ծիծաղեց առաջնորդը:

— Ճիշտ եմ ասում, անծանոթ բարեկամս, տարիներ առաջ երբ անցա, այստեղ մի անեզր ծով կար, իսկ հիմա՝ անջուր անապատ է:

Եվ նրա ահազդեցիկ ձայնը գալիս էր դարերի մռայլ խորքերից:

— Սակայն քո աչքերից չի երևում, թե դու խելագար ես: Բայց ի՞նչ անհասկանալի բաներ ես ասում: Մեր պապերի պապերի պապերը անցել են այս տեղով, ու նրանցից էլ շա՜տ առաջ շատերն են անցել, իսկ այս անապատն աշխարհի սկզբից կար ու կմնա…

Երազի մեջ ես, ծերուկ, երազի մեջ:

Մի դաժան ծաղր կծկվեց Շիդհարի սնաթույր շրթների անկյունում: Եվ նորից քայլեց առաջ:

2

Անցան դարեր, նորից դարեր:

Թափառական Շիդհարի հարյուր անգամ երկիրը չափող ոտները մի անգամ վերստին ուղղվեցին դեպի անապատը:

Երբ մոտեցավ ծանոթ վայրի սահմաններին, տեսավ, որ երեկվա ամայի անապատում հիմա մի մարդաշատ քաղաք է եռում:

Մոտեցավ քաղաքի մեծ դռանը և միամտորեն հարցրեց դռնապանին.

— Ի՞նչ շուտ շինեցիք այս քաղաքը:

Դռնապանը շատ տարօրինակ գտավ այս հարցը:

— Ինչպե՞ս թե… շինեցիք: Վաղո՜ւց, վաղո՜ւց գոյություն ունի այս քաղաքը. մեր պապերի պապերի պապերը չգիտեն անգամ, թե ով և երբ ձգեց այս քաղաքի հիմերը: Այս քաղաքն այնքան հին է, որքան աշխարհը:

Մռայլներով լեցուն աչքերը մեծ թափառականը նետեց քաղաքի վրա – փողոցներում և շուկաներում խռնվում էին այրեր, կանայք և երեխաներ:

Ոմանք աճապարում էին մտահոգ, ոմանք արևի տակ զվարճանում էին անհոգ, և երեխաները զվարթ խաղ էին անում աղբյուրների շուրջը:

Կանայք՝ պճնված վարդերով ու գոհարներով, հրապուրում էին հավերժական ճշմարտի և գեղեցիկի մասին, մարդու տիեզերական արժեքի և նրա գերագույն նպատակների մասին…

Նորից մի դաժան ծաղր գալարվեց՝ անապատի օձի պես՝ Շիդհարի մթագին շրթների վրա:

«Այն թռչող վայրկյանը, որ մարդիկ կյանք են անվանում, հավերժական է թվում այս խեղճերին... Սակայն, ով փրկարար պատրանք... Իրենց խխունջից տիեզերական օվկիանի խորհուրդներն են լուծում և օրենքներ են սահմանում անհունին և անսահմանին... Անապատի վրայից սահող ամպի ստվերից ավելի ստահոզ է ձեր էությունը... Սակայն տեսնենք վաղը ի՞նչ է լինելու...»:

Եվ վերստին քայլեց անդուլ դարերի թափառականը:

3

Անցան դարեր, նորից դարեր, և եկավ վաղը:

Հիշեց Շիդհարը վաղեմի քաղաքը և ուզեց այցելել նրան:

Երբ հասավ նրա սահմաններին, տեսավ, որ քաղաքի տեղը հիմա փռվում է մի դաշտավայր՝ ծաղկավետ և զարնանազեղ: Գետակի ափին պարում էին ու երգում նորաբողբոջ աղջիկները: Եվ հովիվը արածեցնում էր խաշների հոտը սրնգի դայլայլների տակ:

— Ո՞ւր գնաց այստեղից քաղաքը,— հարցրեց նա հովվին:

— Ի՞նչ քաղաք,— ապշեց հովիվը:

— Տարիներ առաջ իսկ և իսկ այս կողմերն էի. մի մարդաշատ քաղաք էր եռում այստեղ: Նրա մասին է խոսքս...

Հովիվը քար կտրած նայում էր Շիդհարին:

— Ե՞րբ առաջ եկավ այս դաշտը,— հարցրեց Շիդհարը:

— Ի՞նչ սարսափելի բաներ ես ասում. ես քեզ չեմ հասկանում... մեր պապերի պապերի պապերը, և էլի առաջ, այստեղ իրենց հոտերն են արածեցրել: Այս դաշտը կար աշխարհի սկզբից և կմնա...

Հինավուրց թափառականի մռայլ շրթները նորից գալարվեցին. և արգահատանքի մի հայացք դաշույնի պես շողաց նրա աչքերում:

«Եղկելի մարդիկ, երեկը նրանց համար գոյություն չունի, այսօրն է նրանց համար միակ իրականը... Երգում են, պարում, և չգիտեն, որ իրենց ոտների տակի երեկվա գերեզմանը վաղը իրենց գերեզմանն է լինելու…»:

Եվ նորից քայլեց Շիդհարը: Չյունաթույր մազերը ալեկոծվում էին նրա մթին ճակատի վրա: Քայլում էր և հոգու խորքում դառնագին խորհում մարդու միամտության և նրա գոյության ակնթարթի վրա և բոլոր իրերի գահավերժ հոսման վրա…

ԱՆՀԱՂԹ ԽԱԼԻՖԱՆ

Հեքիաթակերտ Բաղդադում, խալիֆաների գոհարակուռ գահի վրա նստել էր մի երիտասարդ Խալիֆա:

Թող երեք անգամ օրհնված լինի նրա մոռացված անունը:

Հարուն-ալ-Ռաշիդի հաղթական սուրը, որի շողքից դողում էին ժողովուրդները Տավրոսյան լեռներից մինչև Մարա դարպասները,— նա ձեռք չառավ:

Ազատ թողեց իշխանության սանձերը և հայտարարեց բոլոր հպատակներին.

—Թո՛ղ ապրի ամեն մարդ, ինչպես ուզում է, միայն թե թողնի, որ ուրիշն էլ ապրի:

Եվ հավաքեց իր ոսկեղեն քյոշքում պետության մեջ ապրող ընտիր երգիչներին և նվագածուներին.

—Թո՛ղ երգեն և նվագեն, և հեքիաթներ հյուսեն,— ասաց նա:

Եվ Խալիֆան գիշեր ու ցերեկ լսում էր երգիչներին, և նրա հոգին երազի թևերով սավառնում էր շքեղ հեքիաթների մեջ:

Իսկ ժողովուրդը ապրում էր գոհ ու բախտավոր, աշխատում էր և օրհնում թագավորի կյանքը:

Եվ բուրումնավետ տարիները՝ արշալույսների պես ոսկեվառվելով՝ սահում էին Բաղդադի վրայից:

***

Եվ մի օր հևասպառ ներս ընկավ սահմանապահ իշխանի մոտից մի սուրհանդակ և գուժեց.

—Մե՛ծ արքա, թշնամին ներս խուժեց հարավից և գրավեց քո պետության մի ամբողջ նահանգ:

Լռություն տիրեց:

—Նրանք չեն կարող գրավել իմ պետության մի բուռ հողն անգամ,—հանգիստ պատասխանեց Խալիֆան: – Շարունակեցե՛ք նվագել:

Եվ դիմեց նա երաժիշտներին:

Մի քանի օրից եկավ նորից մի գուժաբեր.

—Մե՛ծ Խալիֆա, թշնամին արշավեց հյուսիսից և տիրեց մի ամբողջ նահանգ…

— Սո՛ւտ ես ասում,— որոտաց Խալիֆան, ոչ ոք չի կարող ոտք կոխել իմ պետության սահմանները… Նվագեցե՛ք ավելի եռանդագին:

Եվ նվագում էին երաժիշտները, և հյուսում էին զմրուխտյա հեքիաթներ, և Խալիֆայի հոգին երազի թևերով սավառնում էր դյութիչ հեքիաթների մեջ:

Մի քանի օրից հետո եկավ նորից մի գուժկան.

—Տե՛ր արաքա, արևելքից մի իշխան եկավ ահագին բանակով և գրավեց մի քանի նահանգ. նա պատերազմ է հայտարարել քո պետության դեմ և հաղթանակով արշավում է Բաղդադի վրա…

Իջավ խորին լռություն. նախարարները խոժոռ կանգնած սպասում էին մարտական հրամանի. դուրսը, քյոշքի պարիսպների տակ աղմկում էր ամբոխը և պատերազմ պահանջում:

Մինչդեռ անհողդողդ հանգստությամբ ասաց Խալիֆան.

—Նվագեցե՛ք, մի՛ դադարեք. երբ դուք դադարեք, այն ժամանակ է, որ կնվաճվի իմ պետությունը… Նվագեցե՛ք ձեր մարգարտահյուս երգերը. երբ լսում եմ մի չքնաղ երգ՝ իմ պետության սահմանները լայնանում են, մեծանում են և փռվում— տիրում անեզր հեռուները, մինչև աշխարհի ծայրերը. և ոչ ոք չի կարող մտնել իմ հզոր պետության անբավ, անառիկ սահմանները. նվագեցե՛ք, հավերժ նվագեցե՛ք…

Իսկ հաջորդ օրը ապստամբ Բաղդադը գահընկեց արավ Խալիֆային և փոխարեն գահ նստեցրեց նրա եղբորը, որը արյունով և հաղթանակներով ծածկեց պետության սահմանները:
Սակայն հավերժ օրհնված լինի անհաղթ Խալիֆայի մոռացված անունը…

ԼԻԼԻԹ

(Հրեական առասպել)

Աստված՝ երկինք ու երկիր և բոլոր կենդանիներն ու բույսերը իր արարչական մի սոսկ խոսքով ստեղծելուց հետո՝ առավ անասունների ոտքի տակ ընկած հողից մի կտոր և նրանից ստեղծեց մարդուն:
Ստեղծեց նրան, որ սա սքանչանա իր վեհ գործերի վրա և փառավորե աստվածային անունը:
Եվ բնակավայր տվեց նրան Եդեմի դրախտը:
Նորաստեղծ Ադամը հիացավ աստծու հրաշալիքների վրա: Մեկ-մեկ նայեց անասուններին, թռչուններին և զանազան բույսերին, զարմացավ և փառաբանեց մեծ վարպետի անունը:
Եվ իրեն զգալով մենակ ու անընկեր՝ սկսեց ձանձրանալ, սաստիկ ձանձրանալ:
Աստված տեսնելով Ադամի մենակությունը՝ խոսեց ինքն իր հետ.
«Եկեք՝ ստեղծենք Ադամի համար մի քնքուշ ընկեր, որ մարդը միայնակ չվայելե դրախտի հրապույրները»:
Եվ բռնեց դեպի վեր սուրացող կրակը և նրա բեկբեկուն, ճախրուն բոցերից ստեղծեց անդրանիկ կնոջը՝ Լիլիթին:
Եվ նայելով իր ստեղծածի վրա՝ հիացած ասաց.
«Բարի է, որովհետև գեղեցիկ է»:

Ապա կոչեց Ադամին իր մոտ: Լիլիթի փոքրիկ ձեռքը դնելով նա-խամարդու ափի մեջ՝ ասաց.

Ադա՛մ, ահա քեզ ընկեր՝ գեղեցիկ Լիլիթը: Իրար աչքերի մեջ տեսեք ձեր պատկերը և իրար սրտերի մեջ սիրեցեք միմյանց: Աճեցե՛ք և բազմացե՛ք:

Ադա՛մ, քո բոլոր օրերիդ մեջ հետևիր Լիլիթին, և դո՛ւ, Լիլիթ, հնազանդ եղիր Ադամին: Լիլիթ ուշի ուշով նայեց Ադամին, և կավի հոտ զգաց իր հոտոտելիքը: Եվ զգաց, որ Ադամի հայացքը հողի ծանրությամբ իջավ իր մազերի և ուսերի վրա: Ու հապճեպով ձեռքը դուրս քաշեց Ադամի ափի միջից:

Ադամ նայեց Լիլիթին. և գեղեցկության մի անհուն ծավալվեց ու խորացավ իր առջև, որ դյութում էր ու քաշում իր հոգին դեպի ահավոր անդունդը՝ ոչնչացնելու համար:

Եվ հիազարհուր աչքերը գոցեց:

Եվ երբ աչքերը նորից բացեց՝ շրթները հազիվ կարողացան իրարու գալ.

— Փա՛ռք քեզ, ա՛ստված, դու ստեղծեցիր ամենագեղեցիկը և կատարյալը քո արարածների մեջ:

Դու հյուսեցիր պսակը քո հրաշագործ տիեզերքի:

Փա՛ռք քեզ անսահման և հավիտյան:

Երբ Լիլիթ լսեց նրա խոսքերը՝ գլուխը քնքուշիկ թեքեց դեպի աջ ուսը. և առաջին գոհունակ ժպիտը փայլեց չքնաղ դեմքի վրա:

Ադամ՝ մղված մինչ այդ իրեն անծանոթ մի զգացումից՝ ուզեց կրկին բռնել Լիլիթի ձեռքը: Սակայն Լիլիթ բոցի պես խույս տվեց Ադամի մոտից:

Ադամ զգաց, որ իր սիրտը կապված է Լիլիթի լուսաշող կրունկներին՝ անբաժան ու անմեկին: Եվ հետևելով Լիլիթին՝ տեսավ նրան կանգնած ոսկեվառ լճակի ափին, ուր նազում են ձյունափետուր կարապները:

Լիլիթ հիացումով դիտում էր գեղանի կարապներին: Նրանց ճկուն, սլացիկ պարանոցները կախարդել էին իրեն:

Եվ քաղցր ձայնով կանչեց կարապներին. ու երբ Լիլիթ ծունկի եկավ նրանց փայփայելու, հանկարծ ջրերի վրա տեսավ մի հրաշալի, մի հրաբողբոջ պատկեր. և երբ հասկացավ, որ այդ իր ցոլքն է, սքանչացավ իրենով և հպարտացավ:

Կրծքի վրա թափթփված մազերը հյուսեց և թողեց, որ հյուսերը ծփան ուսերի և թիկունքի վրա: Եվ հիացած ու նորից հիացած՝ նայում էր իր պատկերին և չէր հագենում:

Կապույտ երկինքն իր արևով և դրախտից մի կտոր ցոլացած էին լճակի հայելու մեջ:

Եվ տեսավ Լիլիթ, որ արևը այնքան հրեղեն չէ, ինչքան իր աչքերի կրակը, և երկինքը այնքան խորունկ չէ, ինչքան իր աչքերի հունը: Ինքն է ամենակատարյալը դրախտի մեջ, և լիճն ու դրախտը լցված են իր դեմքի լույսով:

Մինչ այդ՝ մի զույգ հակինթե թիթեռներ՝ ադամանդե թևերով, եկան և նստան նրա քաղցրաբույր մազերի վրա: Լիլիթ նայեց և ժպտաց: — Ի՜նչ գեղեցիկ կլիներ, եթե սրանք միշտ մազերիս վրա մնային...

Եվ իսկույն ծաղիկներ քաղեց, որ հազար գույներով փայլում էին ու բուրում իր շուրջը, և շարեց վարսերի մեջ:

Ադամ, որ հեռուն կանգնած՝ հափշտակված դիտում էր ընկերին, մեկեն սիրտ առավ մոտենալու նրան:

Լիլիթ երբ տեսավ, որ Ադամի ցոլքը խառնվեց իր պատկերին, զայրացած ոտքի ելավ և աչքերի ցասկոտ հուրը վառեց նրա վրա:

— Լիլի՛թ, հրեշտակներից չքնա՛ղս,— թոթովեց Ադամ,— այդ ի՞նչ ծաղիկներ էին, որ դու քաղեցիր...

— Սրա՞նք.— հրաշալիքներ են սրանք, դու չես հասկանում,— Ադամի խոսքը արհամարհանքով կտրեց Լիլիթ:

— Ո՜չ, հոգիս, ես գիտեմ Եդեմում այնպիսի վայրեր, ուր ստեղծողն անգամ տակավին ոտք չի դրել: Այնպիսի աննման ծաղիկներ, անպատմելի բույրերով ու գույներով, այնպիսի լուսատերև ծառեր՝ ամենահամեղ պտուղներով զարդարուն:

Չէ՞ր կամենա՝ հիմա երթայինք շրջեինք այն վայրերը...

Ադամ այնպիսի փաղաքուշ ձայնով ասաց, որ մի պահ մեղմացավ Լիլիթի զայրույթը:

— Լա՜վ, Ադամ, կերթանք, կերթանք, բայց ոչ այսօր. հետո, հետո:

— Լիլի՛թ, նազելիս, այո՛, երբ որ կամենաս, սակայն գիշեր է գալու հիմա. գնանք իմ տաղավարը, որ շինել եմ հրաշագեղ սոխակների բներին կից, ամենաշքեղ ծաղիկներով պարուրված: Քնի՛ր այնտեղ, իսկ ես հսկեմ քո անուշ քունը:

— Ո՜չ, ո՛չ, թո՛ղ ինձ մենակ: Ես այսօր շատ հոգնած եմ,— և թեթևասահ քայլերն ուղղեց պուրակների խորքը:

Ադամ չգիտեցավ՝ ի՛նչ պատասխաներ: Լուռ և գլխաքարշ հետևեց նրան:

— Ադա՛մ, թո՛ղ ինձ մենակ, խնդրում եմ...

— Բայց, Լիլի՛թ, հազար ցանկալի՛ Լիլիթ, ե՞ր տեսնեինք իրար, և ե՞րբ...

— Վաղը,— Ադամի խոսքը հրամայաբար կտրեց Լիլիթ և ակնթարթի մեջ սուզվեց թփերի մեջ:

***

Լիլիթ աղբյուրի մոտ նստած՝ ականջը դրած նրա բյուրեղյա նվագին՝ նայում էր դրախտի աստղազարդ երկնքին. և աստղերի հրաբորբ ողկույզները արբեցնում էին նրա սիրտը մի խորհրդավոր տենչանքով:

Եվ Լիլիթ աստղերով հարբած՝ քուն մտավ ծաղիկների վրա և զարթնեց սոխակների սիրահույզ դայլայլներից:

Ցնորազեղ շնորհներով ծագեց արշալույսը և ծավալվեց դրախտի վրա՝ թաթախելով ամեն չնչին գուղձն իսկ շողերի և գույների անձառ կախարդանքի մեջ:

Ադամ զամբյուղը լցրած պտուղներով ու ծաղիկներով՝ քայլեց դեպի Լիլիթի տաղավարը և հեռվից ձայնեց Լիլիթին:

Պատասխան չառավ:

Նորից ձայնեց, նորից ոչ մի պատասխան:

Անհամբեր մի քանի անգամ անցավ ու դարձավ աղբյուրի շուրջը, հայացքը ամեն կողմ լարած: Լիլիթ չերևաց:

Գնաց լճափ, թափառեց պուրակներում, պրպտելով ամեն թուփ ու մացառ: Կրկին դարձավ աղբյուրի մոտ: Լիլիթ չկար ու չկար:

Ի՞նչ է պատահել նրան, Լիլիթին,— մտածում էր Ադամ.— երևի անծանոթ շավիղներ բռնելով՝ մխրճվել է հեռավոր պուրակների մեջ և մոլորվել:

Պիտի որոնել, որոնել նրան:

Եվ զամբյուղը թողնելով աղբյուրի մոտ, ուր Լիլիթի տաղավարն էր, գնաց որոնելու:

Ամբողջ օրը թափառեց Ադամ՝ բարձր ձայնելով Լիլիթի անունը: Սակայն ոչ մի արդյունք:

Երեկո եղավ և իջավ գիշերը:

Ադամ, անկարող լինելով խավարի մեջ գտնել դարձի արահետները՝ հոգնած քնեց մի ծառի տակ:

Եվ միայն լուսադեմին, երբ կաթնալույսով ողողված էր երկինք ու դրախտ, Ադամ կարողացավ վերագտնել եկած ուղին:

Վազ տալով, շնչասպառ և դեռ չհասած աղբյուրին, հեռվից ձայն տվեց.

— Լիլի՛թ, բարի լույս:

— Սակայն մի՛ եկ մոտս. դեռ չեմ լվացվել:

Ադամ լսելով Լիլիթի ձայնը, երեկվա բոլոր կրած տանջանքը նույն սրությամբ նորից ապրեց: Սրտում զայրույթը ոտքի կանգնեց: Ուզեց Լիլիթին խիստ կշտամբել, սակայն զսպեց իրեն:

— Ո՞ւր էիր երեկ, ամբողջ օրը: Այնքա՜ն որոնեցի, այնքա՜ն որոնեցի...— Մեղմ եղանակով ասաց Ադամ:

— Երե՞կ.— երեկ ես եկա լիճը. քեզ չտեսա. դու չեկար,— պատաս-խանեց Լիլիթ.— ապա մի քիչ վազվզեցի այծյամների հետևից, ընկա նոր անծանոթ վայրեր: Սքանչելի սոխակներ կային. նրանց երգով տարված՝ մնացի մինչև երեկո:

— Բայց զարմանալի է: Դու ե՞րբ եկար լիճը. մի ոտքս այստեղ էր, մյուսը՝ այնտեղ: Եվ վերջապես դրախտում այնքան թափառեցի: Ո՞ւր էիր, որ քեզ չգտա: — Սակայն ես սպասեցի քեզ թե՛ այստեղ, թե՛ լճափում, իսկ դու չկայիր ո՛չ այստեղ, ո՛չ այնտեղ,— կտրուկ ձայնով պատասխանեց Լիլիթ:

Ադամ մի պահ լռեց: Ադամ մտածում էր՝ մի՞թե չնկատեց Լիլիթին, անկարելի է, բայց...

Եվ համակերպված հաշտ սրտով ասաց.

— Գեղեցի՛կ Լիլիթ, հիանալի պտուղներ եմ բերել նախաճաշիդ համար:

— Սակայն սպասիր, մազերս դեռ չեմ հարդարել:

— Եվ չքնաղ մազերիդ համար արշալույսի ցողերով թաթախուն ծաղիկներ եմ բերել:

— Շնորհակալ եմ, ես էլ ունեմ: Մի քիչ էլ սպասիր, հիմա կգամ:

Եվ սպասեց Ադամ:

Լիլիթ, բոցերի պես թռչուն, եկավ կանգնեց Ադամի առջև՝ ոտքը հազիվ գետին առած:

— Օ՛հ, նորից նույն հիանալի պտուղները, որ գտա տաղավարիս առաջ:

— Միշտ նույն գեղեցիկ տեղերից եմ բերել: Հիմա պիտի գնանք, չէ՞, հոգիս:

— Կերթանք, դեռ ժամանակ կա,— ասաց Լիլիթ և նստեց նախա-ճաշիկի:

Ադամ տեղ բռնեց Լիլիթի ձախ կողմը և սրտի զեղումին ազատ ելք տալով.

— Ա՜խ, Լիլիթ,— ասաց,— իրավ որ դու անզուգ ես: Մենակությունը հոգիս հանեց:

Եվ կարոտով գրկեց Լիլիթի մեջքը, և բոլոր հոգով սեղմեց Լիլիթին իր կարոտած կրծքին:

Լիլիթ փախավ Ադամի գրկից և հեռուն կանգնած՝ լացի ձայնով ասաց.

— Ադա՛մ, շատ կոպիտ ես գրկում. կողերս ջարդեցիր:

Եվ թիկունքը դարձնելով Ադամին՝ խռոված կանգնեց Լիլիթ:

Եվ նրա թիկունքը ավելի ոսկեբոց էր, քան արշալույսի շքեղահյուս ծիրանին, որով զարդարվում է դրախտը:

Ադամ նայեց, և հոգին նվաղեց. և փափկությամբ բռնեց Լիլիթի ձեռքը և նրա աչքերի մեջ հալվելով խոսեց.

— Լիլի՛թ, կյա՛նքս, ներիր ինձ: Լիլի՛թ, հոգուս հոգի, այդպես լուռ և տխուր մի՛ նայիր ինձ. ժպտա՛, խոսի՛ր: Ա՜խ, ինչպես կուզենայի հազար ականջ ունենայի, որ քաղցր ձայնիկդ հազար անգամ լսեի և նորից չհագենայի: Լիլիթ նստավ: Զգվեց մի լարված լռություն:

— Ադա՛մ,— խզեց լռությունը Լիլիթ,— աստված քեզ վաղո՞ւց է ստեղծել:

— Այո՛, նազելիս:

— Ի՞նչ էիր անում դրախտում:

— Թափառում էի մենմենակ և ինձ համար ընկեր էի որոնում անբան անասունների մեջ:

— Մի՞թե չգտար քեզ նմանը,— հարցրեց, աչքերի խորամանկ հայացքով զննելով Ադամին:

— Ո՛չ, Լիլիթ: Դրա համար էլ աստված քեզ ստեղծեց ինձ համար:

— Ինձ քեզ համար ստեղծե՞ց... հա՛, հա՛, հա՛...— ծիծաղեց Լիլիթ բարձր ու զվարթ:

Ադամ վիրավորվեց: Իջավ մի դառն լռություն:

— Այո՛, այո՛,— սրտաբեկ խոսեց Ադամ,— աստված քեզ ստեղծեց, որ մենակ չապրեմ, որ ընկեր լինինք... կյանքս հատնում է քեզ համար, իսկ դո՞ւ... դու չես իմանում, որ առանց քեզ դրախտն անտանելի է ինձ համար, և կյանքը՝ միայն տառապանք... աստծո՛ւն հաճելի չէ այս. եթե լսե, սաստիկ կբարկանա:

Եվ դողաց նրա ձայնը. արցունքները թրթռացին ձայնի մեջ:

Լիլիթ նայեց Ադամի խղճալի դեմքին և լիահնչուն քրքիջ արձակեց: Սակայն մի պահ: Ապա հայացքը նրա քաղցրացավ, աստծու անունը զգաստացրեց նրան:

— Բայց, Ադա՛մ, ինչո՞ւ ես լալիս․ ինչո՞ւ ես այդպես խոսում: Չէ՞ որ միշտ բարի եմ եղել քեզ հետ:

Եվ հրացայտ մատներով փայփայեց Ադամի անկարգ մորուքը:

Անծայր գորովով լցվեց Ադամի սիրտը: Պատրաստ էր ընկնելու Լիլիթի ոտները և թողություն խնդրելու:

— Լա՛վ, Ադամ, սիրելի՛ս,— փաղաքուշ ձայնով դիմեց Լիլիթ,— բռնի՛ր այս թռչող ծաղիկը ինձ համար:

— Սա թիթեռ է, ծաղիկ չէ:

— Միևնույն է, բռնի՛ր:

Ադամ վազեց թիթեռի ետևից և չկարողացավ բռնել:

— Ուզո՞ւմ ես՝ բռնեմ իսկույն,— ասաց Լիլիթ և, ճախր առնելով օդում, ակնթարթի մեջ բռնեց թիթեռին:

— Տեսա՞ր, Ադամ: Բայց ի՜նչ դանդաղաշարժն ես եղել դու:

— Օդի միջով քեզ պես չեմ կարող սուրսուրել,— պաշտպանեց իրեն վիրավորված շեշտով Ադամ,— բայց շատ արագ կարող եմ վազել:

— Այդ էլ չես կարող,— հակառակեց Լիլիթ,— մի՛ պարծենար:

— Կարող եմ,— պնդեց Ադամ,— արի փորձենք: — Ջուր մի՛ հոգնիր:

Ադամ նորից պնդեց:

— Շատ լավ,— ասաց Լիլիթ,— եթե ինձ բռնես, դրախտի ամենից քաղցր պտուղը կտամ քեզ:

— Ո՞րն է այդ, որ դու գիտես, ես՝ ո՛չ, թեև դրախտի բոլոր պտուղ-ները ճաշակել եմ արդեն,— զարմացած հարց տվեց Ադամ,— ի՞նչ է անունը:

— Համբույր:

— Համբո՞ւյր,— զարմացական ու հարցական կրկնեց Ադամ:

— Այո՛, համբույր,— շրթների հատնումը ուրիշ շրթների վրա: Չգիտե՞ս:

Ադամ խորհում էր, թե ո՞րտեղից այդ գիտեր Լիլիթ, ե՞րբ և ի՞նչպես... Եվ վարանոտ նայեց Լիլիթին: Իսկ Լիլիթ անխոս նայում էր Ադամի աչքերին, և սակայն նրա բոցալեզու հայացքը կրակե ճառագայթներով անցավ Ադամի բիբերի միջով և բռնկեց Ադամի հոգին մորենու պես:

Հասկացավ Ադամ և սրտակամ համաձայնեց:

Վազում էր Լիլիթ կայտառ ու թեթև, Ադամ ոգևորված վազում էր հևիհև:

Թաքչում էր Լիլիթ թփերի տակ, ապա ցատկում էր վեր, կանգնում էր մի պահ և հնչուն ծիծաղով ասում.— «Արի՛, արի՛, բռնիր, սպասում եմ»: Եվ կարմիր շրթները համբույրի բողբոջ կազմած սպասում էր:

Ադամ խելակորույս կանգ առավ:

— Ադա՛մ, աստված քեզ ինչի՞ց ստեղծեց,— հարց արավ Լիլիթ՝ նրան մոտենալով:

— Հողից, բայց իր պատկերի նման:

— Հողի՞ց, հողի՞ց... հա՛, հա՛, հա՛,— ծիծաղում էր ու ծաղրով ծիծաղում,— դրա համար այդպես ծանրաշարժ ես, հաստ ու կոպիտ:

Ադամ բորբոքվեց ու բարկացավ. և բոլոր ուժերը հավաքած՝ վազ տվեց. վազեց Լիլիթի վրա և քիչ մնաց բռներ նրան ու ճմլեր իր գրկում. սակայն մատները միայն դիպան մազերին: Իսկ Լիլիթ, ակնթարթի մեջ, արտուտի պես նետվեց վեր ու սլացավ թավուտների մեջ՝ զվարթ ծիծաղով ու բարձր ձայնելով.

— Ադա՛մ, վաղն արի գնանք դրախտը շրջելու:

Ադամ հաղթված և ամոթահար՝ երկար ժամանակ մնաց բևեռված և աչքերը անթարթ ծովացած Լիլիթին պարփակող թավուտների վրա:

***

Արշալույսին Ադամ եկավ և դեգերեց աղբյուրի շուրջը: Սպասեց, մինչև Լիլիթ ծաղիկներով պճնված, հազար նազանքներով երևաց: — Ուրեմն ասում ես՝ գնանք քո գոված վայրերը,— անփույթ ասաց Լիլիթ:

— Օ՜հ, աննմա՛ն Լիլիթ, գովքը ոչինչ հնչյուն է, պիտի աչքովդ տեսնես այն գերահրաշ պուրակները, աղբյուրները, լճակները, որ հասկանաս դրախտի անհուն շքեղությունը:

Եվ Ադամ ցույց տվավ գնալիք ուղին:

— Ո՛չ, այսպե՛ս գնանք,— ասաց Լիլիթ՝ մատնանշելով Ադամի ցույց տվածի հակառակ կողմը:

— Ներիր, նազելիս, սա՛ է ճանապարհը,— մեղմով առարկեց Ադամ:

— Այսպե՛ս գնանք,— կրկնեց Լիլիթ:

— Անգի՛ն Լիլիթ, այդ ճանապարհը լա՛վը չէ այնքան: Ես գիտեմ բոլոր շավիղները,— և ցույց տված է ամենագեղեցիկը: Ներիր, որ ասեմ, թե դու չգիտես:

— Ո՛չ,— զայրացած ասաց Լիլիթ,— և վերջապես ես ա՛յս եմ ուզում, եթե չես գալիս, ես մենակ կերթամ:

Եվ ոտք դրեց իր կամեցած ուղին:

Ադամ հլու հետևեց նրան: Մի պահ գնալուց հետո՝ Ադամ համարձակվեց ասելու.

— Չքնա՛ղ Լիլիթ, աղաչում եմ, հիմա էլ փորձիր իմ ասած ճանապարհը:

— Շատ լավ,— զիջեց Լիլիթ, թող քո ասածը լինի: Արդեն միշտ քո ասածն է լինում:

Ճանապարհի ափերին, հազարաբույր ու հազարաթույր ծաղիկները բյուր–բյուր ձևերով՝ պճնազարդել էին բուրաստանները: Երազանման թիթեռների բույլերը ճախր էին առնում կանաչի ու կակաչի մեջ Լիլիթի շուրջը: Պուրակներում բանաններն ու անանասները բոլորել էին լճակները, ուր ցոլացայտ ձկներն էին խայտում նունուփարների և լոտոսների հույլերի մեջ:

Սաղարթախիտ ստվերների տակ արծաթյա և ծիածանավառ սիրամարգներն էին ճեմում զմրուխտահավերի և ծիրանահավերի հետ: Մարգից մարգ ոստոստում էին դրախտահավերն ու քնարահավերը:

Դարաստաններին վրա, բուրալից օդում, անուրջների պես, ցանու-ցիր, թափառում էին երփնավառ թռչունները և երգում էին հազար դայլայլներով, հոգեհմա գեղոններով իրենց սերն ու տենչերը:

Ոսկեկեղև ծառերից կախված էին հեշտագրգիռ պտուղները կախարդիչ գույներով ու ձևերով:

Լիլիթ պոկում էր սիրտն ուզածը և հիացած ճաշակում: Հափշտակված էր Լիլիթ դրախտի տեսարաններով. անթարթ նայում էր շուրջը, ետ դառնում և նորից նայում:

— Հոգյա՛կս,— ասաց Ադամ,— ահա այնտեղ է իմ տաղավարը:

Սակայն Լիլիթ անուշադիր՝ չլսեց Ադամին և քայլում էր զմայլած ու վերացած:

Նա թռչունների պես ոստոստում էր, քան թե քայլում, լուսակաթ ոտները գետնին չէին հպում:

Իսկ Ադամ ծանր ու հաստատուն քայլերով հետևում էր նրան, աչքերը չհեռացնելով նրա կրակե բոցերի պես ծփծփող, ճաճանչազեղ մազերից:

Զգացումի հզոր ու անզուսպ մի ալիք մղում էր Ադամին գնալու և Լիլիթի ոտների տակ փշրվելու, և Ադամ, արագացնելով իր քայլերը՝ մոտեցավ Լիլիթին, վախով բռնեց նրա հրեղեն արմունկից և հոգեսպառ ասաց.

— Ի՛մ չքնաղ ընկերս, նայիր հեռուն, ի՜նչ վսեմ է:

Լիլիթ աչքի ծայրով անտարբեր նայեց հեռուն:

Եվ հեռուն երկնաձիգ լեռներն էին սուզվել կապույտ լռության մեջ, արծաթացոլ ձյունասպասկներով: Սյունաբարձ ապառաժներից գլխիվայր նետվում էին ջրերը և ահագնագոչ դղորդով լեցնում անձավները, ուր խարտյաշ այծյամներն էին հանգիստ առնում:

Լեռների ոտների տակ սնդուսի ծովն էր հնում, ուր լուսափետուր որորները քնքշորեն խփում էին իրենց կուրծքը ոսկեծայր կոհակներին և սուրում էին դեպի հեռավոր զմրուխտաշող կղզիները: Այնտեղ երփնաթերթ ծաղիկներն էին խնկում և բարձրուղեշ արմավենիներն էին օրորվում գուրգուրող հովերի մեջ:

— Տեսա՞ր, հոգիս, ինչ գեղեցիկ է: Ես չէի՞ ասում,— շշնջաց Ադամը և գորովով գրկեց Լիլիթի մեջքը:

— Վատ չէ, բայց իմ ասած ճանապարհը նույնպես լավն էր,— ասաց Լիլիթ և, ոստում անելով՝ թռավ Ադամի գրկից դուրս և կանգնեց ափին մոտակա առվակի, որ զվարթ ծիծաղով թավալվում էր խայտաբղետ ավազահատիկների վրա:

— Օ՛հ, ի՜նչ սիրուն են այս մանր քարերը, ի՜նչ սիրուն գույներ ունեն. կարմիր, կապույտ, կանաչ, ոսկե... Ադա՛մ, տուր ինձ այդ խիճերից մի քանի հատ:

— Լիլի՛թ, այս ի՞նչ են որ: Ես գիտեմ այնպիսի խիճեր, որոնք փայլուն են արևի պես, թափանցիկ են ջրերի պես և կարծր են ու շատ գեղեցիկ:

— Ա... Ո՞ւր են նրանք, Ադա՛մ, սիրելիս, ո՞ւր են հիմա:

— Նրանք շատ հեռու տեղ են գտնվում, խորունկ, անհուն ձորերի մեջ, ժայռերի ծերպերում, հեռու հեռուներում:

— Ե՞րբ կբերես, սաա՛, Ադամ,— և Լիլիթ քնքշությամբ ձեռքը դրեց Ադամի ձեռքի վրա:

— Եթե հաճելի է քեզ, նազելիս, այսօր կգնամ և վաղը կբերեմ,— ասաց Ադամ ուրախացած, որ առիթ ունեցավ Լիլիթին իրճվանք պատճառելու:

— Գնա՛, Ադամ, հիմա իսկո՛ւյն գնա, ի՜նչ լավն ես, Ադամս,— և ափի հակադարձ կողմով փափկությամբ շոյեց Ադամի ճակատը:

Ադամ սրտի տրոփյունով մեղմիկ առավ Լիլիթի շուշանազեղ ձեռքը և դրեց շրթներին: Համբույրի անուշությունը ծորեց Ադամի սրտի մինչև հատակը...

Ապա կարոտի հայացք ձգելով Լիլիթի վրա՝ արագ վազ տվեց, մինչդեռ Լիլիթ աչքերի հրեղեն խաղով, ուր անուշ խոստումներ կային, երթաս բարև մաղթեց Ադամին:

Լիլիթ սակավ ինչ հանգչելուց հետո՝ ուրիշ շավիղներով ուղի ընկավ դեպի իր տաղավարը: Հանկարծ գլուխը ցից բռնած մի օձ հանդիպեց նրան:

Լիլիթ նայեց օձի աչքերին, օձը՝ Լիլիթի: Եվ երկուսն էլ կանգնած մնացին, երկուսն էլ թովված էին մեկ մեկով:

Լիլիթին այնպես հրապուրիչ էր օձի վետվետուն, գալարուն մարմինը՝ ողորկ, սուր և նետվող: Նրան այնպես թվաց, թե այդ թափանցեց իր մարմնի միջով:

Երկար և երկար նայում էր Լիլիթ, սակայն օձը, վախեցած նրա հայացքի կայծակից, սուլեց և ակնթարթի մեջ անհայտացավ կարկառների մեջ:

Մինչդեռ Ադամ շնչասպառ վազում էր՝ շուտով հասնելու գեղեցիկ քարերի ձորը: Երբ հասավ, եռանդով սկսեց հավաքել երփներանգ խիճերը:

Առանց հոգնելու և վհատելու մագլցում էր ժայռերը, և ծերպերից ատամներով պոկում էր քարերը՝ վիրավորելով մատներն ու ոտքերը, բայց ոգի առած այն հեռապատկերով, թե ի՛նչպիսի հաճույք պիտի ընծայե չքնաղ Լիլիթին:

Ինքնին զարմանում էր, որ Լիլիթին տեսնելու վայրկյանից սիրտը լցված էր մի հեշտալի և քաղցր զգացումով, և դրախտն այն օրվանից հազար անգամ ավելի գեղեցիկ է դարձել, և իր ամեն ապրած վայրկյանը իմաստ ունի և անարտահայտելի հրապույր...

***

Ադամ բեռնավորված ծանրալի զամբյուղով՝ վերջալույսին հևիհև հասավ լճակը, ուր Լիլիթ անհամբեր սպասում էր Ադամին:

Նա գրկած ուներ մի թավշամորթ կատու, որին շոյում էր անընդհատ՝ ժամանակը կարճելու համար:

— Լիլի՛թ, հոգեթո՛վ Լիլիթ, ահա եկա և բերի,— գոչեց Ադամ:

Լիլիթ, որ Ադամի ցոլքը տեսել էր ջրի վրա, իբրև թե հանկարծի եկած՝ ետ դարձավ դեպի նա:

— Ադա՛մ, դո՞ւ ես:

— Ների՛ր, հոգիս, որ ավելի շուտ չկարողացա գալ: Շատ հեռու էր: Վաղո՞ւց է՝ սպասում ես ինձ:

— Ո՛չ, Ադամ, նոր եկա: Չէի ուզում գալ, գլուխս ցավում էր. հենց այնպես եկա: Բերի՞ր քարերը, տեսնենք:

Եվ զսպած անհամբերությամբ աչքերը նետեց զամբյուղի մեջ.

— Օ՛հ, ի՛նչ գոհարներ են, ի՛նչ շքեղ են, ի՛նչ շքեղ,— հիացած ձայնեց Լիլիթ:

— Գոհա՞ր է սրանց անունը: Դու ո՞րտեղից գիտես,— զարմանքով հարցրեց Ադամ:

— Այո՛, այդպես է, ես գիտեմ. Ադա՛մ, սիրելիս, ե՛կ համբուրեմ քեզ, ինչքան բարի ես:

Եվ Լիլիթ չկարողանալով զսպել ուրախությունը, կատուն բաց թողեց գրկից, թռավ և համբուրեց Ադամի ճակատը:

Ադամ խելքը կորցրած փռվեց Լիլիթի ոտների տակ և ապշած դի-տում էր նրան, որը քնքուշ մատները խրելով զամբյուղի մեջ խաղում էր գոհարների հետ, առնում էր ափի մեջ, անհագ նայում, ժպտում էր ինքնին. նորից լցնում էր զամբյուղը և նորից վեր առնում:

— Ի՛նչ հրաշալի ադամանդներ են՝ սպիտակ հիանալի ճառագայթներով: Ի՛նչ կարմիր հակինթներ են. ի՛նչ մաքուր կանաչ զմրուխտներ են, ի՛նչ սուտակներ, ի՛նչ շափյուղներ. ո՞րն ասեմ, ո՞րն ասեմ. և ի՛նչքան շատ են, շա՛տ են...

Եվ Լիլիթ խաղում էր գոհարներով, սփռում էր վարսերի մեջ և նո-րից հավաքում, մինչև լիալուսինը բարձրացավ ծառերի ետևից և լուսավորեց դրախտի ամեն մի թուփ ու մացառ, ծիլ ու տերև:

Լիլիթ նստել էր նռենու տակ: Լուսնյակի նուրբ շողերը լուսեղեն

քողերի պես ծրարել էին նրա դեմքը: Ադամի սիրտը թռչունի պես թրթռում էր կրծքի տակ և ուզում էր բերանից դուրս թռչել:

— Լիլի՛թ, աննմա՛ն Լիլիթ, դու իմաստուն ես. ասա՛ ինձ, այս ի՞նչ զգացում է, որ բույն է դրել հոգուս մեջ՝ քեզ տեսնելու վայրկյանից: Ուզում եմ հալչել լույս ոտներիդ տակ. ուզում եմ համբուրել կոխածդ հողը. ուզում եմ արևը պսակ դնել գլխիդ վրա և աստղերով սալարկել քո ուղին:

Լիլիթ լսում էր Ադամին, և մեղմ ծիծաղը հավաքվում էր իր շրթների շուրջը:

— Ասա՛, ամենաչքնա՛ղ Լիլիթս, ի՞նչ է այս զգացումը, որ երբ մոտդ եմ լինում, դրախտը ավելի չքնաղ է դառնում և կյանքը ավելի անուշ. իսկ երբ հեռու եմ լինում քեզնից՝ դրախտը դառնում է տգեղ և ամայի, և կյանքը դառն ու ծանր: Քնած թե արթուն՝ երազներս միայն քեզնո՛վ են լցված: Դու ապրում ես սրտիս և աչքերիս մեջ:

Լիլիթ ծիծաղելով, սակայն ցուրտ ձայնով ասաց.

— Սե՛ր է, Ադա՛մ, սե՛ր է դրա անունը:

— Սե՞ր... ո՞րտեղից գիտես դու...

— Ես վաղո՛ւց գիտեմ, Ադամ:

— Սեր. նվիրական և ահավոր անուն: Սեր, այո՛, աստված էլ նույնն ասաց՝ սիրեցեք իրար: Եվ ես սիրում եմ քեզ, Լիլի՛թ, հազար-հազար սիրելի Լիլիթ. ես քեզ սիրում եմ:

Եվ ինչպե՞ս կարող եմ քեզ չսիրել՝ դու չքնաղ ես, հրաշագեղ, հրաշագեղ, բյո՛ւր անգամ հրաշագեղ:

Եվ գիտեմ հիմա, որ սե՛րն է բոլոր իրերի հոգին. սերն է, որ թռչունների բերանը հովերի ու աղբյուրների անուշ մրմունջն է դրել: Սիրուցն է, որ քո անցած շավիղներից մեխակի և խնկածաղիկների բուրմունքն եմ առնում:

Եվ գիտե՛ս, Լիլիթ, փոթորկով բռնկված ծովը, որ լեռնաչափ ալիքներով ծեծում է երկրի ժայռերը, ավելի թույլ է ու թալուկ, քան իմ սերը, որ անզուսպ ուզում է ոտներիդ տակ ծունկի գալ և լռության մեջ հատնել:

Ուզում եմ քեզ օծել համբույրներովս, և հոգվույս համբույրների մեջ դալկանամ ու չքանամ: Ա՛խ, այնպե՛ս, այնպե՛ս սիրում եմ քո հոնքերը, նազելի՛, ցանկալի՛ Լիլիթ:

Քո հոնքերը ծիածանի պես կամար են. ծիածանի պես կամար են կապել քո հոնքերը աչքերիդ երկնքի վրա:

Քո աչքերի երկնքի մեջ ծիր-կաթիններ եմ տեսնում, ուր հազար-հազար արևներ են հրդեհում:

Հազար-հազար արևներով բոցավառ աչքերդ կիզում են հոգիս. հոգիս կիզում են: Թող աչքերիդ մեջ նայելով մոռանամ ինձ. մոռանամ դրախտն ամբողջ՝ աչքերիդ մեջ նայելով:

Եվ համբուրեց Լիլիթի աչքերը, և համբուրեց հոնքերն ու թարթիչները:

Լիլիթ անտարբեր էր Ադամի գուրգուրանքի հանդեպ: Լիլիթ մտազբաղ էր:

— Ադա՛մ, ի՞նչ կա դրախտից այն կողմը: — Այնտեղ երկիրն է՝ չոր ու տատասկոտ: Թող կորչի երկիրը. ես սիրում եմ քո պարանոցը, Լիլիթ: Քո պարանոցը բարձր է ու սպիտակ, ավելի բարձր է ու սպիտակ, քան ցարասիները, որ նուրբ ու քնքուշ հասակով կանգնել են դրախտի դոների վրա:

Եվ Լիլիթ աչքերի ծիծաղով՝ երկարացրեց պարանոցը, և Ադամ համբուրեց պարանոցը և նորից համբուրեց տենչանքով:

— Ադա՛մ, ո՞վ է ապրում երկրի վրա:

— Սատանա՛ն է ապրում, Լիլի՛թ, սակայն թող կորչի սատանան: Ես սիրելով սիրում եմ քո բերանը, Լիլի՛թ: Դրախտի հրաշալիքն է քո բերանը, Լիլի՛թ...

— Ադա՛մ, ո՞վ է սատանան,— ընդհատեց Լիլիթ նրա սրտի զեղումը:

— Աստծու հակառակորդն է նա: Հրեշտակ էր նա, հրեղեն՝ և՛ իմաստուն, և՛ գեղեցիկ, սակայն ըմբոստացավ աստծու դեմ. ուզեց նրան հավասարվել: Եվ աստված պատժեց նրան, երկնքից ներքև թոթափեց նրան իր ընկերներով՝ հավիտյան նզովելով նրանց: Եվ թող նզովվա՛ծ լինեն նրանք:

Ես սիրում եմ քո բերանը, անսպառ և անհուն հրապույրների, անանուն վայելքների նեկտարն է քո բերանը, ուսկից ոսկի մեղուն ամենաքաղցր մեղրն է շինում:

Քո լեզուն բոլոր սոխակների սիրատարփ երգերն ունի, և բոլոր թռչունների ճռվողյունից ավելի անուշ է քո լեզուն: Քո շրթների մի քաղցրանուշ համբույրով ես ողջ դրախտը վայելած կլինեմ. լիաճոխ ճաշակած կլինեմ ողջ տիեզերքն ու հավիտենականը քո շրթների միմիակ համբույրով...

Եվ Ադամ տարփակեզ շրթները կարկառեց՝ Լիլիթի բերանը

համբու-րելու, սակայն Լիլիթ ձեռքով գոցեց Ադամի բերանը և, ուժգին ետ մղելով նրան, իսկույն մի ցունցով ոտքի ելավ:

Ադամ թալկացած ընկավ գետին:

— Քունս տանում է,— ասաց Լիլիթ,— վաղը կսպասես ինձ լճափին:

Եվ թռունի քայլերով թռավ սուզվեց գիշերային ստվերների մեջ:

Ադամ խավարած աչքերով հետևում էր հեռացող, կայծկլտող, փայլուն Լիլիթին:

Ադամ առավոտ աչքերը բացեց, տեսավ գլուխը գետնին, և Լիլիթ չկար: Կարծես թե՝ երազի մեջ էր: Աչքերը նորից գոցեց, սակայն Լիլիթ նորից չկար:

Հանկարծ միտքն ընկավ Լիլիթի վերջին խոսքերը:

Արագ քայլերով շտապեց լճափ և, աչքերը սևեռած դրախտի բոլոր շավիղներին, սկսեց սպասել: Ամեն մի եղնիկի քայլով սիրտը թունդ էր ելնում. ամեն մի զեփյուռով, որ թփերը իրար էր բերում, ալեկոծվում էր նրա սիրտը: Այսպես անհամբեր սպասեց մինչև վերջալույս— և Լիլիթ չեկավ:

Ադամ հուսաբեկ փռվեց սեզերի վրա՝ թարթիչները գոցած, որ Լիլիթին երազե:

Լսեց մի մրմունջ ափի եղեգների մեջ. կարծեց թե մի սիրտ մորմո-քում էր այնտեղ:

Շտապով ոտքի ելավ, կտրեց մի եղեգ, մի-երկու ծակեր բացեց ցողունի վրա և սկսեց նվագել:

Այս նվագ չէր, այլ Ադամի սիրավառ սերն էր ինքնին, որ շիթ-շիթ ծորում էր եղեգնափողի միջից դարձած արցունք ու տենչանք, տենչանք ու տրտունջ:

Եվ երգում է նա.

— Լիլի՛թ, Լիլի՛թ, դու իմ ճակատագիր:
Առանց քեզ ի՞նչ է անմահությունը:
Դու հեշտանքի դրախտն ես, Լիլիթ,
Հրաշքների և հմայքների միակ դրախտն ես դու:
Երազն ես դու, հիացքն ու դյութանքը, Լիլիթ,
Դու չճաշակված զաղտնիքն ես, Լիլիթ,
Արևաղբյուրն ես դու, Լիլիթ,
Բոլոր տանջող և ապրեցնող հրապույրների արևաղբյուրը:

Անհաղթելի կինն ես դու, Լիլիթ,
Լիլի՛թ, հավիտենակա՛ն Լիլիթ...

***

Գիշերն անքուն թափառեց Ադամ՝ երգելով իր ցավագին կարոտը, որ կիզում էր նրա սիրտը: Եվ մյուս օրն ամբողջ Լիլիթ նույնպես չերևաց: Օրն ամբողջ թափառում էր Ադամ ու հառաչում: Այրվում էր ու պապակում, և դրախտի ոչ մի սառն աղբյուր չէր կարող զովացնել նրան:

Ադամ որոշել էր, երբ Լիլիթին տեսնի, ծանր խոսքերով կշտամբել նրան, հանդիմանել կոպիտ ձևով և նույնիսկ սպառնալ աստծու անունով: Այնպե՛ս տառապած էր Ադամի հոգին, այնպես խիստ տառապած:

***

Վերջալույսին, հանկարծ թփուտների խորքից երևաց Լիլիթ բյուր սեթևեթներով, իր մարմնի բոլոր շնորհներով պերճացած:

Ադամ խենթի պես ցատկեց դեպի Լիլիթ, վայրկյանի մեջ մոռանալով ամեն քեն ու որոշում:

Եվ տեսավ Լիլիթին աշխույժ ու կայտառ, վազում էր մի գալարուն ու սնափայլ օձի հետևից, աչքը չհեռացնելով օձի վրայից: Ադամ բոլոր շնչով ձայնեց և հետապնդեց նրան.

— Լիլի՛թ, կանգնիր, ո՞ւր ես գնում, կանգնիր:

— Քեզ ի՞նչ, ուր եմ գնում, ինչո՞ւ ես հետևում ինձ.— բարկացայտ պատասխանեց Լիլիթ:

— Ի՞նչպես թե՝ քեզ ինչ: Չէ՞ որ աստված ուզեց, որ հետևեմ քեզ, և դու հնազանդիս ինձ...

— Ես քեզ հնազա՞նդ: Դու ո՞վ ես, ո՞վ: Կորի՛ր աչքիցս, կո՛շտ հողի կտոր,— արհամարհոտ գոչեց Լիլիթ և բոցերի պես օդի միջով սուրաց, անհայտացավ:

***

Ադամ համբերությունը հատած՝ ուղղակի գնաց աստծու մոտ զանգատի:

— Տե՛ր իմ, այս ի՞նչ ընկեր տվիր ինձ,— ասաց Ադամ զսպած բարկությամբ.— քո հրամանին երբեք չաննսաց[1] նա. չհնազանդեց ինձ: Հրապուրում է ինձ, տոչորում և ապա ծարավ թողնում, հեռանում: Այրվում եմ, երբ հեռու եմ լինում նրանից, այրվում եմ նորից, երբ մոտն եմ լինում նրա: Չար կրակ է նա, կիզող-կրակի կտոր, տանջվում եմ, հատնում եմ ես...

Աստված հանգստացնելով Ադամին՝ ճանապարհ դրեց: Եվ կոչեց Լիլիթին իր մոտ: Սակայն Լիլիթ չեկավ աստծու ձայնի վրա: Աստված սրտմտած ուղարկեց Սենոյի և Սանսենոյի հրեշտակներին, որ գտնեն բերեն իր աթոռքը անհնազանդ Լիլիթին:

Լիլիթին բերին: Նա աչքերը խոնարհած կանգնել էր աստծու առաջ: Արարիչը սաստեց նրան, ասելով.

— Ես ստեղծեցի Ադամին հողից և քեզ կրակից, որ իրար լրացնեք: Պիտի սիրես և մանավանդ հնազանդ պիտի լինես նրան, քո ամուսնուն, որովհետև ես քեզ նրա համար ստեղծեցի: Եթե չհնազանդես, գիտցիր, որ խիստ կպատժեմ... Գնա հիմա Ադամի մոտ, այդպես եմ կամենում ես...

***

Վտակի ափին, ուռենու տակ, տխուր նստել էր Լիլիթ: Թախծանուշ դեմքը մարգարիտի պես գունատ, ճակատը բազուկին հենած: Եվ մազերը պճնող դրախտավարդերի պսակը թառամել էր արդեն...

Ադամ, որ սպասում էր նրա դարձին, եկավ նստավ նրա կողքին և, վախով բռնելով նրա ցուրտ ձեռքը, ամբողջովին գուրգուրանք դարձած՝ շշնջաց մեղմիկ.

---

[1] Չաննսալ - չլսել, չհպատակվել, չհնազանդվել:

— Լիլի՛թ, հոգո՛ւս հոգի, ինչո՞ւ ես տխուր, ինչո՞ւ ես այդպես տխուր: Ինչո՞ւ չես ժպտում, ի՛մ գեղանուշ:

— Ա՛խ, արևափա՛յլ իմ Լիլիթ, ինչո՞ւ ես լուռ: Մի՞թե չգիտես, որ քո սիրով եմ միայն ապրում. եթե սիրտս քամես, սերդ կծորե այնտեղից, միայն քո սերը և ուրիշ ոչինչ: Տիեզերքի չափ սիրում եմ քեզ, տիեզերքի չափ...

Եվ բյուր փափագով համբուրեց Լիլիթի մազերի ծայրը և փաղաքշանքով համբուրեց մազերն ու աչքերին քսեց նրա ոսկեհուր մազերը:

Սակայն Լիլիթ լուռ էր և անտարբեր՝ անթարթ աչքերի հայացքը հեռուն ցրված:

— Լիլի՛թ, նազելիս, գնանք իմ տաղավարը, ամենահամեղ պտուղներից սեղան եմ պատրաստել: Ծաղիկներից սքանչելի նեկտար եմ հավաքել և մեղուներից քաղցրագին մեղր: Եվ վարդերից ննջարան եմ հարդարել քեզ համար: Գերերջանիկ անուրջներով պիտի քնես, և ես մինչև լույս պիտի հսկեմ քո ոտների տակ:

Արշալույսից առաջ սրինգս նվագեմ պիտի, որ թռչեն գան քնքուշ սոխակներն ու դեղձանիկները, թիթեռներն ու դրախտակաքավները: Երգեն ու պարեն և զվարճացնեն քեզ:

Սակայն Լիլիթ լուռ էր և անտարբեր:

Ադամ գրկեց նրա նուրբ մեջքը, ոտքի կանգնեցրեց, և թևերի վրա առած՝ տարավ իր տաղավարը:

Հոգնած էր Լիլիթ սրտի հուզմունքից: Նրա վրա ազդել էր աստծու բարկացայտ հայացքը: Եվ կամազուրկ պառկեց ծաղկահյուս ննջարանում:

Ադամ նրա գլուխը դրեց իր ծնկներին և հիացած ու հափշտակված՝ դիտում էր նրա բյուրեղային մերկությունը՝ ծիրանավառ վարդերի թերթերի վրա ընկողմանած:

Լիլիթ գոցել էր աչքերը, և՛ հեզ էր, և՛ խոնարհ, ինչպես վիթերը, որ երկնչում են ծաղիկների սոսափյունից անգամ: Եվ գունատ էր մարգարիտի պես:

Ադամ փայփայում էր Լիլիթի մարմինը և ինքնին մրմնջում.

— Սիրելով, սիրելով սիրում եմ քո մարմինը, որովհետև չքնաղակերտ է քո մարմինը:

Եվ լուսացայտ է քո մարմինը, ավելի լուսացայտ է, քան կայծակի բռնկումը գիշերների մթության մեջ:

Եվ բոլոր անթերի շնորհների սափորն է քո մարմինը, և աննման պարտեզն է քո մարմինը, բոլոր սարսուռների և տենչերի իրեղեն:

Բայց մանավանդ բուրումնավետ է քո մարմինը, քան Եդեմի այծյամների մուշկը. բուրումնավետ է ու երազաբեր, քան հասմիկներն ու հակինթները բոլոր, նարգիզներն ու նարդոսները բոլոր, քան նրանց բոլոր անուշաբուրումները, որ խնկում են և անուրջների մեջ սուզում դրախտի արահետները:

Եվ նորից ավելի բուրումնավետ է քո կուրծքը, քան երկնացող բրաբիոնները և քան բալասանն ու ստաշխը, որ ծորում են դրախտի ծառերից՝ օծելու համար աստծու քայլափոխները:

Եվ կրակոտ շրթներով համբուրում էր Ադամ Լիլիթի մարմինը և հոտոտում էր նրա կողերի անուշաբույր թարմությունը, որ ավելի թարմ էր, քան ստեղծման օրվա անդրանիկ ցողը՝ սեզերի և սաղարթների վրա:

Եվ հրաբորբոք մատներով շոյում էր Ադամ Լիլիթի ստինքները և հոգու սրտով խոսում էր.

— Սիրելով, սիրելով սիրում եմ քո ստինքները, հրեշտակներից գերազա՛նց Լիլիթ: Քո ստինքները երկու լուսաբույր փունջեր են՝ շահպրակների և շահոքրամների լուսաբույր փունջեր՝ կնքված կույս վարդերի զույգ կոկոններով. երկու ցնորականխենթացուցիչ փունջեր, որ հարբեցնում են հոգիս և հոգիս մարմնիցս բաժանում...

Եվ համբուրեց Ադամ Լիլիթի ստինքները և սարսռուն շրթներով համբուրեց կնիքները ստինքների:

Լիլիթ զոցել էր աչքերը, անտարբեր էր և անուշադիր և չէր լսում Ադամի ձայնը:

— Լիլի՛թ, աստվածայի՛ն Լիլիթ, թույլ տուր համբուրեմ քո շրթները: Քո շրթների միայն մի անհուն համբույրով ես ողջ դրախտը վայելած կլինեմ: Լիաձոխ ճաշակած կլինեմ ողջ տիեզերքի հավերժությունն ու անեզրությունը քո շրթների՝ անանուն, անգին, աննման համբույրովը միմիակ...

Ադամ մոռացել էր ինքն իրեն, և ոչինչ բան գոյություն չուներ այլևս իրեն համար: Եվ կային Լիլիթի շրթները միայն, որ համբուրում էր Ադամ, համբուրելով անհագ ու անդուլ. ծծելով, ծծելով Լիլիթի քաղցրությունը բոլոր, էությունը ողջ՝ չէր հագենում

Ադամ, և սպառվում էր Ադամի հոգին՝ համբույրների անհունի մեջ հատնելով...

Եվ հանկարծ թափով գալարվեց Լիլիթ՝ ազատելով իրեն Ադամին հյուծող, արյունոտող համբույրներից. ցատկեց և թռավ տաղավարից դուրս և անհայտացավ գիշերային դրախտի բավիղների մեջ:

***

Ադամ ընկել էր ուշաթափ մինչև լույս:

Երբ ուշքի եկավ, հիշեց, որ Լիլիթ փախավ գիշերվա մթին: Սրտաբեկ ոտքի կանգնեց:

Փորձեց նորից գտնել Լիլիթին, մի անգամ էլ աղերսելու, որ իրեն չլքե:

Ցավալլուկ և պաղատագին կոչեց Լիլիթի քաղցր անունը և լսեց միայն իր ձայնի ունայն արձագանքը:

Ամենուրեք որոնեց նրան լճափներում և աղբյուրների շուրջը, պուրակներում և այրերի մեջ: Եվ ո՛չ մի տեղ չգտավ, չգտավ Լիլիթի հետքը:

Երկար պահերով դեգերում էր Լիլիթի անցած արահետներով՝ կարոտագին համբուրելով սեզերն ու հողերը, ուր դիպել էին Լիլիթի քայլերը:

Երկար պահերով նստում էր Լիլիթի ապրած վայրերում և աչքերը գոցում էր՝ Լիլիթին տեսնելու համար:

Եվ իր տեսիլների մեջ Լիլիթն ավելի ցանկալի էր ներկայանում, ավելի ցանկալի և աննված փափագելի:

Եվ տեսիլների միջից սթափվում էր Ադամ սրտի կսկիծով. և խենթի պես վազում էր ու վազում...

Արդեն հասել էր դրախտի սահմաններին, որտեղից այն կողմ ծավալվում էր ամայի և խոպան երկիրը:

Հոգնած էր շատ: Նստեց հանգստանալու:

Եվ գլուխն առած ափերի մեջ՝ ողբում էր իր տառապալից վիճակը և խորհում էր այրող հուշերով Լիլիթի անմոռաց և խուսափուն հրապույրների մասին, երբ, ինչպես թե երազի միջից, լսեց Լիլիթի ուրախ լուսածիծաղը, որ գարնան ողջույնի պես թունդ հանեց նրա սիրտը:

Աչքերը հույսով դարձրեց ծիծաղի կողմը... Եվ տեսավ մի ահավոր պատկեր, որ սև շանթի պես խավարեցնելով ու կիզելով՝ անցավ իր հոգու խորքով:

Տատասկոտ և մռայլ երկրի կողմից, դրախտի ցանկապատի վրա տեսավ նա սատանայի գլուխը սնափայլ աչքերով՝ չար ու նենգ:

Տեսավ սատանայի պարանոցից կախ ընկած Լիլիթին՝ տարփաբույր մեկոններով վարսերը պսակված:

Եվ անհուն ցանկությամբ համբուրում էր Լիլիթ սատանայի շրթները: Եվ ծիծաղում էին միասին գոհ ու երջանիկ:

Ադամ նախանձից խելագար՝ մռնչաց կատաղի.

— Լիլի՛թ, Լիլի՛թ, Լիլի՛թ, այդ դո՞ւ ես...

Լսեց սակայն հաղթական սատանայի ահեղ քրքիջը, որ ամպի պես որոտալից ճայթեց իր գլխին: Եվ տեսավ նույնպես, որ սատանան գրկած Լիլիթին՝ մխրճվեց երկրի մեջ...

Եվ կուրացան Ադամի աչքերը, և այլևս ոչինչ չտեսան...

***

Խենթացած թափառում էր Ադամ, առանց դադարի, դրախտի մեկուսի վայրերը:

Ամայի էր դարձել դրախտը, և թռչունների երգերը ձանձրացնում էին նրան:

«Լիլի՛թ, Լիլի՛թ, ա՛խ, Լիլի՛թ»,— հառաչով ու լալով կոչում էր նա, և հառաչելով անցնում էր նրա լացը ծառերի տերևների միջով, կիզելով ծառերի տերևները:

Գիշերները խռովահույզ երազների մեջ տեսնում էր շարունակ դավաճան Լիլիթին՝ միշտ սատանայի գրկում:

Անհույս էր Ադամի հոգին և, նզովելով աստված ու անմահություն՝ մահ էր տենչում:

Եվ աստծուն լսելի եղան Ադամի հառաչանքները. կարեկցեց նրան, և ինքն իր մեջ սուզված խորհեց, որ անկարելի էր վերև սլացող հուրը ընկերացնել երկրին կառչող հողին:

Եվ թմրություն բերեց Ադամի վրա և նրա կողից ստեղծեց մի նոր ընկեր՝ Եվային, որ իր ծագումի բերումով հնազանդ լինի Ադամին, կարողանա սիրել միայն նրան և մխիթարել մանավանդ:

Ադամ, երբ աչքերը բացեց, տեսավ իր մոտ նստած մի նոր ընկեր, ո՛չ Լիլիթի պես կատարյալ և հրեղեն գեղեցիկ, սակայն դարձյալ գեղեցիկ, բայց հողաբույր, բայց մարդկորեն:

Եվան մոտեցավ Ադամին, գլուխը դրեց նրա ուսին և մեղմիկ ժպտաց՝ նվիրված աչքերով նայելով Ադամի տխուր, երազուն աչքերին:

Սակայն Ադամ՝ նստած Եվայի կողքին, երբ լսում էր վարդենիների շրշյունը՝ նրա մեջ Լիլիթի շունչն էր առնում: Դրախտի բույրերի մեջ Լիլիթի բույրն էր զգում և սոխակների երգերի մեջ՝ Լիլիթի ձայնը:

Երբ բարի Եվան զգվում էր Ադամին և իր սև մազերով ծածկում էր Ադամի դեմքը, Ադամ տեսնում էր սակայն Լիլիթի ոսկեհուր վարսերը միայն, որ ծածկում էին բոլոր հորիզոնները:

Երբ փոթորիկ էր լինում և մրրիկ, նա տեսնում էր Լիլիթին իր մո-տով շեշտակի անցնելիս, և երբ կայծակն էր ճեղքում երկինքը — Լիլիթի հրեղեն սերն էր այդ, որ ճեղքում էր Ադամի հոգին:

Երբ գոցում էր բիբերը՝ իր սրտի մեջ տեսնում էր Լիլիթի անհուն գեղեցիկ պատկերը, երբ նայում էր աստղերին — աստղերի մեջ տեսնում էր Լիլիթի աչքերը և անհուն արևի մեջ— ամբողջ Լիլիթին... «Եվա» էին հնչում նրա շրթները, սակայն «Լիլիթ» էր արձագանքում նրա հոգին:

Եվ երբ ճիգ էր անում Լիլիթին մոռանալու, գրկում էր հավատարիմ Եվային, կրծքին սեղմում և համբուրում— նա այդ ժամանակ Լիլիթին էր սեղմած տեսնում իր կրծքին, Լիլիթին համբուրում, Լիլիթին զգում, միայն Լիլիթին...

Եվ ապրեց Ադամ՝ սպասելով ու տենչալով միշտ Լիլիթին, և մեռավ Ադամ՝ հառաչելով ու երազելով մի՛միայն Լիլիթին...

ԱՐԵՎԻ ՄՈՏ

Մի որբ երեխա՝ ցնցոտիներ հագած՝ կուչ էր եկել հարուստ տների պատերի տակ: Մեջքը հենել էր մի հարուստ տան պատին և մեկնել էր ձեռքը դեպի մարդիկ: Նոր էր բացվել գարունը, մոտակա սարերը կանաչին էին տալիս, և գարնան անուշ արևը բարի աչքերով էր նայում ամենքին: Մայթերով անցուդարձ էին անում մարդիկ, և ոչ մի մարդ չէր նայում, չէր ուզում նայել խեղճ ու որբ երեխային: Երբ արևը կամաց-կամաց թեքվում էր մոտավոր կանաչ սարերի հետևը, սկսեց փչել մի ցուրտ քամի, և երեխան դողում էր՝ խե՜ղճ ու անտուն:

—Ախ, կարմիր արև, բարի՜ արև, դու էիր միայն ինձ տաքացնում, հիմա ո՞ւր ես գնում, թողնում ես ինձ մենակ՝ այս ցրտին ու խավարին. ես մայր չունեմ. ես տուն չունեմ, ու՞ր գնամ, ու՞մ մոտ գնամ… Վեր առ, տար ինձ քեզ հետ, անու՜շ արև…

Լալիս էր երեխան լուռ ու մունջ, և արցունքները գլոր-գլոր սահում էին նրա գունատ երեսից: Իսկ մարդիկ տուն էին դառնում, և ոչ ոք չէր լսում ու տեսնում նրան, ոչ ոք չէր ուզում լսել ու տեսնել նրան…

Արևը սահեց անցավ սարի մյուս կողմը, և էլ չերևաց:

—Բարի՜ արև, ես գիտեմ, դու գնացիր քո մոր մոտ… Ես գիտեմ, ձեր տունը ա՜յս սարի հետևն է, ես կգամ, կգամ քեզ մոտ, հիմա, հիմա…

Եվ խեղճ երեխան դողալով՝ հարուստ տների պատերը բռնելով, գնա՜ց, գնա՜ց, քաղաքից դուրս ելավ: Հասավ մոտավոր սարին. դժվար էր վերելքը, քարեր ու քարեր, ոտքը դիպչում էր քարերին, խիստ ցավում. բայց նա ուշադրություն չդարձնելով բարձրանում էր անընդհատ:

Մութն իջավ և կանաչ սարը սևերով ծածկվեց: Սարի գլխին փայլփլում էին աստղերը՝ կանչող, գուրգուրող ճրագների պես: Փչում էր սառը, խիստ քամին, որ ձորերի մեջ ու քարափների գլխին վայում էր. երբեմն թռչում էին սև գիշերահավերը, որոնք որսի էին դուրս եկել: Երեխան անվախ ու հաստատուն քայլերով գնում էր վերև, բա՜րձր, միշտ բա՜րձր. և հանկարծ լսեց շների հաչոց, մի քիչ հետո էլ լսեց մի ձայն խավարի միջից.

—Ո՞վ ես, ու՞ր ես գնում:

—Ճամփորդ տղա եմ, արևի մոտ եմ գնում, ասա, ո՞ւր է արևի տունը, հեռու՞ է, թե՞ մոտիկ:

Ճրագը ձեռքին մոտ եկավ մի մարդ և քնքուշ ձայնով ասաց.

—Դու հոգնած կլինես, քաղցած ու ծարավ, գնանք ինձ մոտ: Ի՜նչ անգութ են քո հայրն ու մայրը, որ այս մթանը քեզ ցրտի ու քամու բերանն են ձգել:

—Ես հայր ու մայր չունեմ, ես որբ եմ ու անտեր…

—Գնանք, տղաս, գնանք ինձ մոտ, — ասաց բարի անծանոթը և երեխայի ձեռքից բռնելով՝ տուն տարավ:

Նրա տունը մի խեղճ խրճիթ էր. օջախի շուրջը նստած էին բարի մարդու կինն ու երեխք փոքր երեխաները: Նրա խրճիթին կից մի մեծ բակում որոճում էին ոչխարները: Նա հովիվ էր, սարի հովիվ:

—Սիրելի երեխաներս, ձեզ եղբայր եմ բերել, թող չլինեք երեք եղբայր, լինեք չորս: Երեքին հաց տվող ձեռքը չորսին էլ կտա: Սիրեցեք իրար. եկեք համբուրեցեք ձեր նոր եղբորը:

Ամենից առաջ հովվի կինը գրկեց երեխային և մոր պես ջերմ-ջերմ համբուրեց. հետո երեխաները եկան և եղբոր պես համբուրեցին նրան: Երեխան ուրախությունից լաց էր լինում և նորից լալիս: Հետո սեղան նստեցին՝ ուրախ, զվարթ: Մայրը նրանց համար անկողին շինեց և ամենքին քնեցրեց իր կողքին: Երեխան շա՜տ էր հոգնած. իսկույն աչքերը փակեց ու անո՜ւշ-անո՜ւշ քնեց:

Երազի մեջ ուրախ ժպտում էր երեխան, ասես ինքն արևի մոտ է արդեն, գրկել է նրան ամուր ու պառկել է նրա գրկում տաք ու երջանիկ: Մեկ էլ սրտի հրճվանքից վեր թռավ և տեսավ, որ արևի փոխարեն գրկել է իր նոր եղբայրներին և ամուր բռնել է մոր ձեռքը: Եվ նա տեսավ, որ արևը հենց այս տան մեջ է, որ ինքը հենց արևի գրկում է…

ՆՈՒԿԻՄ ՔԱՂԱՔԻ ԽԵԼՈՔՆԵՐԸ

Ժամանակով մի քաղաք է եղել՝ նուկիմ անունով: Անունը կա, բայց տեղը մինչև հիմա հայտնի չէ: Այս քաղաքը ցուրտ է եղել՝ երկու ձմեռ, մի ամառ: Մի օր ժողովուրդը հարայ-հրոցով հավաքվում, ափ է առնում քաղաքի առաջավոր մարդկանց դռները.

—Էս քաղաքում էլ ապրել չի լինի, սառանք, ախպեր, սառանք: Ելեք պատգամ գնացեք թագավորի մոտ, գնացեք, թագավորին ասեք, թե որ երկու ամառ, մեկ ձմեռ չանի՝ մենք էս քաղաքում է՛լ մնացողը չենք:

—Ժողովրդի կամքը սուրբ է, — ասում են առաջնորդները, որ քաղաքի խելոքներն են լինում, խորհրդի են նստում և որոշում թագավորի մոտ գնալ խնդրելու և, թագավորի սիրտը շահելու համար էլ մի քսակ ոսկի նվեր են տանում ժողովրդի կողմից: Շինում են մի երկար նիզակ, նիզակի ծայրից կախում են քսակը և «թագավոր, որտեղ ես, գալիս ենք քեզ մոտ», ասում են քաղաքի առաջավորներն ու ճամփա ընկնում:

Մի ավանի միջով անցնելիս տեսնում են խանութպանին մեկը կրակի բոցի պես մի բան է ծախում: Դրա տեսքը շատ է հրապուրում Նուկիմ քաղաքի պատգամավորներին:

— Էտ ի՞նչ ես ծախում, ախպեր, – հարցնում են նրանք:

— Տաքդեղ, — պատասխանում է խանութպանը:

Առաջին անգամն են տեսնում տաքդեղը, առաջին անգամն են լսում տաքդեղ անունը:

—Ուտելու բա՞ն է, — հարցնում են նրան:

— Ուտելու բան է, բա՛ նոց, — պատասխանում է խանութպանը:

— Որ էտպես է, մի կշեռք էտ ասածիցդ տուր:

Ավագ պատգամավորը տաքդեղից մի հատ կծում է, բերանը մրմռում է, աչքերը արցունքոտվում են, նետում է մյուսին, սա էլ մի կտոր կծում է, նետում է մյուսին: Էսպես մինչև վերջին պատգամավորը: Բերանները մրմռալով, աչքերը արցունքոտելով, խանութպանին հայհոյելով՝ շարունակում են ճանապարհը: Մի ուրիշ ավանով անցնելիս տեսնում են խանութպանի առաջ սալաների վրա դարսված… չեն իմանում ինչ:

—Էտ ի՞նչ ես ծախում, ախպեր:

— Խաղող:

Առաջին անգամն են տեսնում խաղողը, առաջին անգամն են լսում խաղողի անունը:

— Ուտելու բա՞ն է, — հարցնում են նրանք:

— Էն էլ ոնց, — պատասխանում է խանութպանը:

— Դե, մի կշեռք տո՛ւր:

Վճարում են, առնում, ուտում, համը բերաններն է մնում: Շրթունքները լիզելով, խանութպանին օրհնելով՝ շարունակում են ճանապարհը:

Մի ուրիշ ավանով անցնելիս տեսնում են խանութպանի մոտ կտոր-կտոր ճերմակ բաներ:

— Էդ ի՞նչ ես ծախում:

— Շաքար:

Շաքա՞ր….Ո՛չ տեսել էին, ո՛չ լսել:

— Ուտելու բա՞ն է,- հարցնում են նրանք:

— Էն էլ ոնց:

— Դե, մի կշեռք տո°ւր:

Վճարում են, առնում, կռթկռթալով ուտում, համը բերաններն է մնում:

Գնում են, գնում, գիշերը վրա է հասնում: Նիզակը տնկում են գետնի մեջ, քսակով ոսկին ամրացնում նիզակին, իրենք պառկում են շուրջը, միամիտ քնում: Գողը ինչպե՞ս կարող է բարձրանալ վերև, նիզակի ծայրից կախված քսակը առնել, իսկի խելքի մոտ բա՞ն է:

Հակառակի պես գիշերը մի ճամփորդ է անցնում էդ տեղերով, տեսնում է մի տնկած ձողի շուրջը մարդիկ անուշ քնել են: Վեր է նայում՝ ձողի ծայրից ման է կախված: Վար է բերում ձողը, բաց անում քսակը, մեջը՝ դեղին ոսկի: Ոսկին դատարկում է իր խուրջինի մեջ, փոխարենը քսակի մեջ խիճ ու ավազ է լցնում, ձողը նորից կանգնեցնում:

Առավոտը Նուկիմ քաղաքի խելոքները շարունակում են իրենց ճանապարհը: Հարցնելով հասնում են թագավորանիստ քաղաքը: Գնում են, թագավորի դռանը կանգնում: Դռնապանը իմաց է տալիս պալատականներին, սրանք էլ թագավորին, թե Նուկիմ քաղաքից պատգամավոր են եկել: Թագավորը հրամայում է ներս կանչել նրանց:

Պատգամավորները թագավորին գլուխ են տալիս և բարև բռնած կանգնում են: Ավագ պատգամավորը քսակը մոտեցնում է թագավորին և ասում.

— Թագավո՛րն ապրած կենա, մենք Նուկիմ քաղաքի ժողովրդի կողմից ենք եկել խնդրանքով: Էս մի քսակ ոսկին էլ ժողովրդի կողմից քեզ նվեր ենք բերել: Մեր քաղաքը շատ ցուրտ քաղաք է. երկու ձմեռ, մեկ ամառ: Թե որ երկու ամառ, մեկ ձմեռ չանես, էլ մեր քաղաքում մենք մնացողը չենք, լավ իմացած լինես:

Մյուս պատգամավորները գլխով հաստատում են նրա ասածը:

Թագավորի գանձապահը, որ վերցրել էր քսակը, թագավորի ականջին փսփսում է, թե ոսկու տեղ խիճ ու ավազ է:

Թագավորը մտածում է՝ սրանք նպատակո՞վ են ոսկու տեղ խիճ ու ավազ բերել, թե՞ միամիտ սրտով: Փորձելու համար հրամայում է՝ նրանց առաջ մի մատուցարան սև սալոր դնեն՝ սև բոլոջների հետ խառը: Պատգամավորները վրա են պրծնում. ավագ պատգամավորն ասում է.

— Տղե՛րք, առաջ ոտավորն ուտենք՝ չփախչեն, անոտը մեր ծառան է:

Թագավորը տեսնում է նրանց խելքի չափը և դառնալով նրանց՝ ասում է.

— Գնացե՛ք ձեր տները, մինչև տեղ հասնեք, մեկ էլ ամառը եկած կլինի:

— Թախտիդ հաստատ մնաս, — ասում են պատգամավորները և ուրախ-զվարթ վերադառնում են իրենց քաղաքը:

ՈՉԻՆՉԸ

Քաղաքապետ իշխանը շրջում էր քաղաքում: Մարդիկ ոտքի ին կանգնում, կպչում պատերին, խոնարհ գլուխ տալիս: Փողոցի մի անկյունում՝ պատի ստվերում, ցնցոտիների մեջ պառկած էր մի աղքատ դերվիշ:

Շքախմբի առաջնորդը գոռաց դերվիշի վրա.

—Ի՞նչ ես մեկնվել մայթին, ճանապարհը բռնել: Չե՞ս տեսնում՝ ով է գալիս. վե՛ր կաց, անպատկա՛ռ:

—Ես միայն ինձնից մեծի առաջ ոտքի կկանգնեմ, — անվրդով պատասխանում է դերվիշը:

Քաղաքապետը հետաքրքրված մոտենում է և հարցնում.

—Մի՞թե ես քեզանից մեծ մարդ չեմ:

—Իհարկե՝ ո՛չ: Քեզանից բարձր դեռ շատ աստիճաններ կան: Այո՞, թե՝ ոչ:

—Այո՛:

—Դու քաղաքապետ իշխան ես, գիտեմ. որ մեծանաս, ի՞նչ պիտի դառնաս, — հարցնում է դերվիշը:

—Նահանգապետ, — պատասխանում է քաղաքապետը:

—Հետո՞:

—Հետո վեզիր:

—Հետո՞:

—Փոխարքա:

—Հետո՞:

—Սահմանը սա է: Բոլորից մեծը շահն է:

—Ասենք թե՝ շահ դարձար, հետո՞,— հարցնում է դերվիշը:

—Հետո՝ ոչի՛նչ, — պատասխանում է քաղաքապետը:

—Ահա՛ այդ ոչինչը ես եմ: Ոտքերիս տակից անցիր, գնա քո ճանապարհով, — նույն անվրդովությամբ պատասխանում է դերվիշը և նվաղուն աչքերը գոցում:

ԱՄԵՆԱՊԻՏԱՆԻ ԲԱՆԸ

Ժամանակով Արևելքի մի հրաշագեղ աշխարհում արդարամիտ և խելացի մի թագավոր է եղել: Նա ունեցել է երեք որդի:

Եղավ, որ այդ թագավորը ծերացավ և կառավարության սանձը կամեցավ դեռ ողջ օրով հանձնել իր ժառանգներից նրան, որն ավելի ընդունակ կլինի այդ դժվարին գործին:

Ուստի մի օր կանչեց որդիներին և ասաց.

— Սիրելի որդիներ, տեսնում եք, որ ձեր հայրը ծերացել է ու էլ չի կարող երկիրը կառավարել: Ես վաղուց իջած կլինեի իմ գահից, եթե կատարված տեսնեի այն միտքը, որ երկար տարիներ պաշարել է հոգիս: Եվ հիմա ձեզանից ով որ իմաստուն կերպով լուծի այդ իմ միտքը, նա կստանա իմ թագը, նա կկառավարի իմ ժողովուրդը:

— Ապրած կենա մեր սիրելի հայրը, սուրբ է մեզ համար նրա վեհ կամքը. այդ ի՞նչ մեծ միտք է, որ չի կարողացել լուծել նրա իմաստուն հոգին:

— Ահա, տեսնո՞ւմ եք այդ ահագին և մեծածավալ շտեմարանը, որ վաղուց շինել եմ: Իմ փափագս էր այդ լցնեի այնպիսի մի բանով, որ ամենապիտանին լիներ աշխարհիս երեսին և որով կարողանայի բախտավոր դարձնել իմ ժողովուրդը: Այդ շտեմարանը դեռ մնում է դատարկ:

Եվ հիմա, ով ձեզնից կարողանա այդ շտեմարանը իր բոլոր անկյուններով, ծայրեծայր, լցնել աշխարհի այդ ամենապիտանի բանով, թո՛ղ նա արժանի լինի գահին:

Առեք գանձերիցս ինչքան որ կուզեք և առանձին-առանձին ուղի ընկեք քաղաքեքաղաք, աշխարհեաշխարհ, գտեք այդ բանը և լցրեք իմ շտեմարանը:

Ձեզ երեք անգամ քառասուն օր միջոց եմ տալիս:

Որդիները համբուրեցին հոր ձեռքը և ճանապարհ ընկան:

Ամբողջ երեք անգամ քառասուն օր նրանք շրջեցին քաղաքեքաղաք, աշխարհեաշխարհ, տեսան ուրիշ-ուրիշ մարդիկ, ուրիշ-ուրիշ բարքեր ու ժամանակին եկան կանգնեցին հոր առջև:

— Բարով եք եկել, անգին որդիներս, գտե՞լ եք արդյոք և բերել ինչ որ ամենապիտանի բանն է աշխարհում:

— Այո, գտել ենք, սիրելի՛ հայր, — պատասխանեցին որդիները:

Եվ հայրն իսկույն վերցրեց որդիներին, և գնացին շտեմարանի դուռը. այնտեղ հավաքված էին բոլոր պալատականները և շա՛տ ժողովուրդ:

Թագավորը բացեց դուռը և կանչեց մեծ որդուն:

— Ինչո՞վ կլցնես այս ահագին շտեմարանը, սիրելի՛ որդյակ, ի՞նչ բանով, որն աշխարհում ամենապիտանին լինի:

Եվ մեծ որդին հանեց գրպանից մի բուռ հացահատիկ, պարզելով դեպի հայրը՝ ասաց.

— Հացով կլցնեմ այս ահագին շտեմարանը, թանկագին հայր: Ի՞նչն է աշխարհում ամենապիտանի բանը, քան հացը, ո՞վ կարող է առանց հացի ապրել: Շատ թափառեցի, շատ բան տեսա, բայց հացից անհրաժեշտ ոչինչ չգտա:

Այն ժամանակ հայրը կանչեց միջնեկ որդուն.

— Ինչո՞վ կլցնես այս ահագին շտեմարանս, սիրելի որդյակ, ի՞նչ բանով, որն աշխարհում ամենապիտանին լինի:

Եվ միջնեկ որդին հանեց գրպանից մի բուռ հող, պարզելով դեպի հայրը՝ ասաց.

— Հողով կլցնեմ ես ահագին շտեմարանը, թանկագին հայր, ի՞նչն է աշխարհում ամենապիտանի բանը, քան հողը: Առանց հողի հաց չկա. առանց հողի ո՞վ կարող է ապրել: Շա՜տ թափառեցի, շատ բան տեսա, բայց հողից անհրաժեշտ ոչի՜նչ չգտա:

Ապա հայրը կանչեց կրտսեր որդուն.

— Ինչո՞վ կլցնես այս ահագին շտեմարանս, սիրելի որդյակ, ի՞նչ բանով, որն աշխարհում ամենապիտանին լինի:

Այդ միջոցին կրտսեր որդին հաստատ քայլերով մոտեցավ շտեմարանին, անցավ շենքը, գրպանից հանեց մի փոքրիկ մոմ, կայծքարին խփեց հրահանը, կայծ հանեց, վառեց աբեթը, հետո՝ մոմը: Բոլորը կարծում էին, թե նա ուզում է մոմի լույսով լավ զննել շտեմարանը, նրա ահագնությունը:

— Դեհ, ասա, որդի, ինչո՞վ կլցնես, — անհամբեր ձայնով հարցրեց հայրը:

— Լույսով կլցնեմ այս ահագին շտեմարանը, իմաստուն հայր, լույսո՜վ միայն: Շատ թափառեցի, շա՜տ աշխարհներ տեսա, բայց լույսից անհրաժեշտ ոչ մի բան չգտա: Լույսն է ամենապիտանի բանը աշխարհում: Առանց լույսի հողը հաց չի ծնի, առանց լույսի հողի վրա կյանք չէր լինի:

Շա՜տ թափառեցի, շա՜տ աշխարհներ տեսա և գտա, որ գիտության լույսն է ամենապիտանի բանը, և միայն գիտության լույսով կարելի է կառավարել աշխարհը:

— Ապրե՜ս, — գոչեց ուրախացած հայրը, — քեզ է արժանի գահն ու գայիսոնը, քանի որ լույսով ու գիտությամբ պիտի լցնես թագավորությունդ և մարդկանց հոգիները:

— Ապրած կենա մեր երիտասարդ լուսավոր թագավորը, — գոչեցին ոգևորված պալատականներն ու ժողովուրդն ամբողջ:

ԵՐՋԱՆԻԿ ԽՐՃԻԹԸ

Զմրուխտյա գետակի վրա մի խեղճ ջրաղաց կար:

Ջրաղացի դռան առջև, կանաչ ուռենու տակ, թիկն էր տվել ջրաղացպանը և չիբուխը գոհ ծխում. կողկին նստել էր կինը, իսկ նրանց աչքերի առջև մի սիրուն մանուկ, նրանց երեխան, խաղ էր անում:

Մեղմիկ սոսափում էր ուռենին, և ջրաղացն անուշ մտմտալով, ասես հին օրերից մի հին հեքիաթ էր պատմում:

Ինչպես եղավ, մի օր այդ սիրուն մանուկը վազելով թիթեռնիկի հետևից, հեռացավ ջրաղացից, ընկավ մացառների մեջ, անցավ ձորակից ձորակ, կորցրեց ջրաղացի շավիղը ու գնաց, գնաց, հասավ մեծ ճանապարհին, նստեց եզերքին ու լաց եղավ:

Անցավ մի քարավան. մի ուղևոր տեսավ լացող մանուկին, խղճաց, վեր առավ և իր հետ տարավ:

Տարավ իր տունը, և որովհետև զավակ չուներ, որդեգրեց նրան:

Մանուկը մեծացավ, դարձավ մի շնորհալի երիտասարդ:

Ամենքը սիրում էին նրան և ուրախանում նրա վրա, բայց նա տխուր էր, միշտ տխուր:

Երբ երեկոները մենակ նստում էր իրենց շքեղ պատշկամբում, որի շուրջը բացվում էր պարտեզը հովասուն ծառերով և կարկաչյուն շատրվաններով՝ նրա հոգին սլանում էր մի ուրիշ վայր, որ հեռավոր երազի պես մեկ երևու էր, մեկ չքանում...Երևում էր մի խեղճ ջրաղաց զմրուխտյա գետակի վրա, որ օր ու գիշեր մանկության պես սիրում մի հին հեքիաթ էր պատմում, տեսնում էր երկու հարազատ դեմքեր՝ նստած կանաչ ուռենու տակ. մեկը մտքի մեջ ընկած չիբուխ՝ է ծխում, մյուսը արցունքոտ աչքերով նայում է հեռուն:

—Ինչու ես տխուր, իմ որդի, —ասում էր հարուստ հայրը նրան.—ինչդ է պակաս, թե սեր ունիս մի աղջկա, հայտնիր, թե չէ, ինչ կա...

Եվ խնջույք էր սարքել բարի հայրը որդու ուրախացնելու համար. դահլիճները լուսավորված էին ջահերով. նազելի աղջիկները պատել էին երտասարդի շուրջը, ասում ու ծիծաղում:

Եվ երիտասարդը մի օր զգուշ դուս ելավ դալիճներից, անհայտացավ խավարի մեջ ու էլ չվերադարձավ:

Նա գնաց, շրջեց, թափառեց շատ ու շատ տեղեր, հարցուփորձ արավ և մի օր ըերջալույսի շողերի տակ տեսավ զմրուխտյա գետակի վրա մի խեղճ ջրաղաց: Տեսավ՝ ջրաղացին կոնակը տվել է մի հին խրճիթ, որի բուխարիկից մարմանդ ծուխ է ելնում:

Մոտեցավ խրճիթին, կամացուկ նայեց լուսամուտից ներս. նստել էր մի ալևոր մարդ և մտախոհ չիբուխ էր ծխում. մի երերուն պառավ ցամաքած ձեռքերով սեղան էր փռում:

Երբ նրանք հացի նստան, պառավը վերցրեց մի կտոր հաց ու ասավ.

— Այս էլ որդուս բաժինը:

— Ա՜յ կնիկ, այս քանի տարի է, միշ էլ որդուս բաժինն ես պահում ու առավոտ անծանոթ անցորդներին տալիս...

Հե՜յ մեր որդին էլ չի գա:

— Ա՜յ մարդ, աստված գիտե, մեր որդին հիմի ու պատի տակ կուչ է եկել. ուրիշի մոր ձեռքին է նայում, կարելի է այն մոր տղան էլ հեռու տեղ է, ու ես նրան իմ որդուս բաժինն եմ տալիս. ինչ իմանաս, կարելի է նայել իմ որդուս իրենի բաժին է տալիս...

Այդ միջոցին ներս ընկավ որդին, գրկեց մորն ու հորը, համբուրեց և լացեց:

Ա՜ ա՜ , մեր որդին,-բացականչեցին ծերունիները և գրկերի մեջ առան իրենց կորած, կարոտացած որդուն և լաց եղան:

Օջախի մեջ կարմիր կրակը ուրախ-ուրախ թևին է տալիս, պայծառ ու տաք ժպիտով լցնում է երջանիկ խրճիթը:

Ջրաղացը անուշ-անուշ մտմտալով, մանուկ օրերից մի հեքիաթ է պատմում՝ մանկության պես սիրուն մանկության պես ոսկի...

ՀԱՄԲԵՐԱՆՔԻ ՉԻԲՈՒԽԸ

Երկաթուղին ոլորվում էր Շիրակի ծաղկած դաշտերում: Վագոնի լուսամատից նայում էի այնքան սիրելի հողի կտորին, ուր խաղաց ու անցավ իմ բախտավոր մանկությունը:

Ահա՛ և Օհան-ամու ջաղացը: Այստեղ էր մի ժամանակ չխկչխկում Օհան-ամու ջաղացը: Առուն չորացել է հիմա, ջաղացը ավերվել է վաղուց, միայն երեք ուռի և մի բարդի է մնացել այն փոքր ծառուտից, որ տնկել էր Օհան-ամին ջաղացի շուրջը:

Ինչքա՜ն անգամ ենք նստել այս ծառերի տակ Օհան-ամու հետ և զրույց արել:

Այն օրվանից շատ բան է կուլ գնացել ժամանակի անհունության մեջ՝ անկրկնելի և անվերադարձ.— և Օհան-ամին էլ չկա, վաղուց մեռել է նա և թաղված է այս ծառերի տակ իր սրտի ուզածի համաձայն:

Եվ հիշում եմ քո իմաստուն խոսքը, Օհան-ամի. «Մարդը կէրթա, աշխարքը կմնա»:

Մեր ջաղացից կես ժամ հեռու, Ախուրյանի զառիթափի վրա էր գտնվում Օհան-ամու փոքրիկ ջաղացը մի աղորիքով, որ դառնում էր Ախուրյանի մեջ թափվող մի կարկաչուն առվակի ջրով: Իր ձեռքով էր շինել Օհան-ամին ջաղացը և նրան կից տնակը, և իր ձեռքով էլ մշակում էր ոչ մեծ բոստանը, որ փռված էր ջաղացի շուրջը մինչև գետի եզերքը:

Երբ մեր ջաղացն էի լինում՝ հաճախ այցի էի գնում Օհան-աման: Թեյ ու շաքար էի նվեր տանում նրան, որ միասին թեյ խմեինք և լսեի նրա զրույցները:

Շա՜տ վաղուց է այդ: Շա՜տ տարիներ առաջ, այն պարզասիրտ և միամիտ ժամանակները, երբ Օհան-ամա ծերունի ընկերները, գյուղից գյուղ, ցուպերը շավիղների քարերին ծեծկելով, քթերի տակ մի հին բան թոնթնալով, կորամեջք ու տնկտնկալով գալիս էին ջաղացը հատկապես Օհան-ամա ընտիր թյությունից մի չիբուխ քաշելու և հնությունից մի– երկու խոսք իրար հետ սրտանց խոսելու համար, և նորից տնկտնկալով վերադառնում էին իրենց գյուղերը:

Պատանի երևակայությանս համար երևում էր լուրջ, մենակյաց

Օհան-ամին, իբրև նահապետական դարերի մի իմաստուն, որ վաթսուն տարիների գագաթից նայում է աշխարհին, միտք է անում աշխարհի բանը՝ ծխելով իր «համբերանքի չիբուխը»:

Իմ թարմ զգայության վրա խորհրդավոր տպավորություն էր թողնում նրա անցրած ու ապրած կյանքը և իր ապրումներից գումարած մտքերը:

Մինչև քառասուն տարին Օհան-ամին ապրել էր իրեն պապերի գյուղում, աշխատել էր օր ու գիշեր, ցանել ու հնձել, Կողբ ու արաններբ քիրա-քյարվանի գնացել, ծնողներին խնամել ու պատվով թաղել, քույրերին ամուսնացրել, ինքն էլ ամուսնացել և որդիներ հասցրել:

Քառասուն տարեկան հասակում գյուղում հողաբաժին եղավ: Հարուստներն իրենց մեջ բաժանեցին բերրի հողերը և ստերջ հողերը տվին թույլերին, խեղճերին:

Օհանը զայրացավ: Վառեց ու բորբոքեց հողազուրկների արդար վրեժը: Գյուղի զրկված մասը ըմբոստացավ: Հարձակվեցին, ծեծեցին ռեսին ու մի քանի հարուստների:

Գանգատը հասավ քաղաք: Եկավ կաշառված պրիստավը մի քանի յասավուլներով (ոստիկան), հավաքեց ըմբոստներին, բարկացավ, ոտները գետին զարկեց ու քաշեց նրանց մտրակի տակ:

Արյունը կոխեց Օհանի աչքը. ձեռքը ձգեց պատահած քարին և նետեց պրիստավի կրծքին: Ծեծվողները թև առան, հարձակվեցին յասավուլների վրա, զինաթափեցի ն նրանց, քարահալած արին պրիստավին ու ոստիկաններին և գյուղից քշեցին:

Երրորդ օրը, երբ կազակները եկան նրանց ձերբակալելու՝ նրանք գյուղից փախել էին արդեն, ելել էին սարերը, «ղաչաղ» էին ընկել:

Կարճ ժամանակի ընթացքում փախստական գյուղացիները մեկ-մեկ իջան գյուղը, ընկան հարուստների ոտները, ներում խնդրեցին և ներվեցին:

Օհանը մնաց չորս ընկերքով փախստական: Մի ժամանակ հետո, չորս ընկերն էլ եկան, վզները դրին հարուստների շեմին, ներում ստացան: Բայց Օհանը մնաց մենակ և անսասան: Նա չզիջեց: Մերժեց հարուստների պատգամը, որ ուղարկել էին նրանք — հանձնվել, զղջալ և թողություն ստանալ:

Մի օր էլ, մատնությամբ, մի գյուղում բռնվեց նա: Ձեռները կապեցին հետևը, տարան Գյումրի քաղաքը, դատեցին և չորս տարվա բանտարկություն վճռեցին:

Երբ Օհանը բանտից ազատվեց, գյուղն եկավ, որդիները հասել էին արդեն, ուժովցել և հարստացել, բայց իրեն մենակ զգաց գյուղում, չուզեց տեսնել իր դավաճան, փոքրոգի ընկերների երեսն անգամ: Չուզեց մնալ գյուղում, որպեսզի ստիպված չլինի պատահելու իր թշնամի հարուստներին:

Արդեն բանտում երազել էր մեկուսանալ — «աշխարհաթող» լինել: Եվ հիմա, բանտից ելնելով՝ վճռեց և վերջնականապես տեղափոխվեց ջաղացը: Եվ միայն շատ անհրաժեշտ դեպքերումն էր գյուղ գնում:

Անզոր եղան կնոջ և որդիների թախանձանքները՝ բեկանելու փայփայած նրա իղձը:

«Քանի ողջ եմ,— այսպես ասաց ու այսպես կտակեց իր որդիներին.— էստեղ կաշխատեմ կապրեմ, երբ մեռա, էստեղ թաղեցեք ինձի՝ իմ ծառներիս տակը»:

Եվ այսպես «աշխարհաթող» եղավ Օհան-ամին:

Այսօրվա պես հիշում եմ իմ այցելած օրերից մեկը:

Ամառ էր: Ախուրյանում լողանալուց հետո գնացի Օհան–ամու մոտ զրույց անելու:

Օհան-ամին թիկն էր տվել ծառերի տակ: Մի փոքրիկ արախճին մանակի ծածկում էր «նրա գլխի նոսր, ճերմակ մազերը: Ճակատը շա՛տ կնճռոտված էր երևում: Սհազին ձյունափայլ մորաքը խառնվել էր բաց կրծքի ալեխառն մազերին: Ինքնամփոփ ծխում էր չիբուխը: Ոտների տակ մրափում էր Ասլանը, Օհան-ամա հավատարիմ, հսկա գամփռը:

Բարև տվի և թեյ-շաքարը դրի կողքին: Խորշոմների մեջ կորած խոհուն աչքերով նայեց ինձ:

— Գալդ բարի, աղախպորս տղա,— այսպես էր նա միշտ կոչում ինձ:

Միջօրեի ճպուռներն արնաբորբոք ճռռում էին, կարծես արևի ձայնն էր այդ, կամ ուղղակի, արևի ճառագայթներն էին ճռռում այսպես բարկ ու բորբոք:

Ջաղացը ծուլորեն չխկչխկում էր: Ջաղացի դռանը կապած կար մի խղճուկ էշ, որ եռանդով քսում էր մեջքը պատի անկյունին: Հավերը քչուչ էին անում այս ու այն կողմ:

Ինձ տեսնելով մոտեցավ Օհան-ամու պառավը, որ եկել էր ամուսնուն այցի:

— Ես՝ չէ, թող աղեն ըսէ,— դիմեց ինձ,— հայը էսօր քեֆ չունի, կըսէ՝ մեջքս կցավի: Էս չպաւմ հերիք մնա, ինչի՞ համար: Թող տուն գա, առոք–փառոք ապրի. ջարդվելիք հարսներն ինչի՞ համար են, թող շահեն: Էս օր-ծերաթյանը դադար չունի, մեկ գլուխ կդատի ու կաշխատի: Ի՞նչ պիտի տանի աշխարքեն:

— Կնի՛կ, հերիք փնթփնթաս. քանի հազար անգամ ասել եմ քեզի — ես աշխարհաթող եմ եղել. ես էլ գեղն եկողը չեմ: Խոսքս խոսք է: Աշխատե՛լ: Քանի ձեռքս բերանս կհասնի,պտի աշխատեմ: Հո հարստության համար չե՞մ դատում, իմ աչքս կուշտ է: Տղերքս իրանց համար, ես ինձ համար: Իմ հացս իմ քրտինքովս պիտի ուտեմ: Ես քեզնից լավ գիտեմ, որ աշխարքից բան տանող չի եղել, բայց մենակ թե՝ մարդս էս աշխարքն եկել է աշխատանքի համար: Ձեռքս բան, ոտքս՝ գերեզման: Պրծա՞նք:

Դե՛հ, էս չայ-շաքարն առ, սեղան բաց, չայդանն էլ դիր, աղախպորս տղի հետ հաց ուտենք, չայ խմենք: Երբ պառավը գնաց, ես հարցրի.

— Օհան-ամի, հիվա՞նդ ես:

— Չէ՛, ջանըմ, մեջքիս ցավը հո նոր չէ, հին բան է, բանտից եմ հետս բերել: Հիմի հո դպա ջահելությունն չե՞նք երթա. տվողը ինչ որ տվել է, հիմի քիչ-քիչ ետ կառնի: Էդպես է աշխարքիս բանը: Ես էլ կամաց-կամաց ճամփա կիստկեմ դպա հորս քովը:

Ու չիբուխը խրելով գոտկի ծալքը՝ թեթև շարժումով ոտքի ելավ:

— Էրթանք բոստանը, մեկ քիչ սոխ, թարխուն քաղենք: Էսօր կնիկս ինձի համար զառով փլավ է բերել, ուտենք իրար հետ:

Մարգերի նեղ արահետով քայլում էր Օհան-ամին՝ առանց գավազանի, նա տակավին գավազան չէր գործածում: Ասլանը կրկնկակոխ՝ լեզուն դուրս ձգած՝ հետևում էր նրան:

Ես գնում էի նրանց հետևից:

Օհան-ամին կորաքամակ էր արդեն, գլուխը բավական թաղվել էր ուսերի մեջ. հաստ, բայց կարճ ոտները դեռ տոկուն էին ու ամար:

Ասլանը՝ կապտավուն մազերավ աժդահա գաւմփոը, իր տոհմի երրորդն էր, որ ապրում էր այստեղ: Նրա եղբայրներն ու քույրերն ապրում էին գյուղում, Օհան-ամու տանը:

Այս Ասլանից առաջ երկու Ասլան ապրել էին այստեղ՝ իրար

հաջորդելով և նրանց թաղել էր Օհան-ամին բոստանի ծայրում ու վրաները քար ձգել։

Օհան-ամին թարմ կսկիծով մեկ-մեկ հիշատակում էր նախորդ Ասլանների բարեմասնությունները, նրանց հետ կապված դեպքերը, նրանց անձնազոհ քաջությունները։

Ասլանը Օհան-ամուց մի վայրկյան չէր բաժանվում, երբ իրար չէին տեսնում՝ անհանգիստ ու ջղայնացած որոնում էին իրար։

Իրար հետ սեղան էին նստում։ Օհան-ամին ուտում էր իր ճաշը, Ասլանը՝ իր լափը։

Ձմռան երեկոները, Օհան-ամին բուխարիկի կողքին նստած՝ լուռ, իր չիբուխն էր ծխում, Ասլանը նրա ոտների տակ, գլուխը թաթերի վրա դրած, լուռ, չիբուխի ծուխի պարույկներին էր հետևում։

Երբ մեկը Ասլանի մոտ «Օհան-ամի» արտասաներ, նա աչքերը կբանար լայնորեն, ականջները կսրեր, պոչը կշարժեր։ Օհան-ամու անունը թինդ էր հանում Ասլանի հոգին։

Վա՜յ թե մեկը Օհան-ամու բացակայության ժամանակ ձեռք դիպցներ նրա որևէ իրին՝ Ասլանի զայրույթին չափ չէր լինում, կհաչեր ու կգազազեր մինչև տերը գար. սակայն ինքը սիրում էր խաղալ Օհան-ամու իրերի հետ։ Հաճախ այսպիսի հանաքներ էր անում։ Թաքցնում էր Օհան-ամու թյությունի քսակը կամ թաշկինակը, և սուտ-քուն մտած, ներքին հրճվանքով նայում էր՝ թե ինչպե՞ս իր տերը քրքրում է ամեն մի անկյուն՝ կորցրածը գտնելու, և հետո, ինքը քնած տեղից ելնում էր, որոնում, գտնում իրը և ուրախ-ուրախ բերում հանձնում Օհան-ամուն։

Մի օր, եղբորս երեխաներն Ասլանին բռնել էին դաշտում, ուժով տարել էին մեր տուն, փակել մի սենյակում, առատ միս դրել առաջը, որպեսզի այս կերպով սովորեցնեին մեր տան վրա։ Բայց երկու օր Ասլանը գրեթե ոչինչ չէր կերել, անընդհատ ոռնացել էր՝ մինչև որ մայրս արձակել էր նրան։

Եվ Ասլանն իսկույն, խելակորույս, սլացել էր Օհան-ամու մոտ։

Երբ ես մի օր Օհան-ամուն պատմեցի Ասլանի կրած տանջանքը մեր տանը, նա հանգիստ սրտով ասաց.

— Թագավորի պալատն էլ տանես ու ամեն օր հավ ու լոր տաս, էլի պտի պրծնի, գա։

Եվ ավելացրեց.

— Էս շուն է. հալա մեկ ասա՝ շու՞ն։ Էս մարդ արարած չէ։ Էս՝

կնիկարմայտ չէ: Էս շուն է — հավատարմություն: Մարդու բնույթն իսկի չի կրնա հասկանա շան բնույթը: Մարդը սուտ է, հավատարմությունը մարդու համար անհասկանալի բան է:

Նստեցինք ծառերի ստվերում: Ասլանը սեղանակից էր մեզ՝ մի փոքր հեռու պպզած: Մենք զառի ոսկորները նետում էինք նրան, նա էլ ճարպկորեն այնպես էր դիրքավորում գլուխը, որ ոսկորներն ուղղակի ընկնում էին երախի մեջ և մի ակնթարթում հզոր ատամներով փշրում էր ոսկորները: Օհան-ամին մի բաժակ օղի խմեց, մի բաժակ էլ ինձ մատուցեց.

— Խմե՛, աղախպորս տղա, խմե, որ ուրախանանք: Էս աշխարքում գլխավոր բանը ուրախասիրտ ըլնելն է: Ուրախությունը բախտավորության կեսն է: Ինչ որ ըլնելու է՝ պտի ըլնի. էս գլխեն ի՞նչ տալացուք ունենք տխուր ըլնելու: Էս սհաթն է մեր ձեռքը, քանի էս սհաթը մեր ձեռքն է՝ ուրախ ըլնենք, մեկել սհաթի տերը մենք չենք, կարելի է կանք, կարելի է չկանք:

Օհան-ամին բաժակը կրկնեց:

— Ես չար բան սիրող չեմ, կռիվ ուզող էլ մարդ չեմ. ու վիճակիցս էլ շա՛տ գոհ եմ: Էս ջաղացը, էս կտոր հողը շատ է ինձի համար: Աշխարքը որ բաժնեն, կարելի է էսքանն էլ ինձի չհասնի: Էնքա՛ն մարդիկ կան–անտուն, անհող, ետնյալ աղքատ...

— Է՛յ գիտի, Միրզա Մեհդի, ականջդ կանչե՝ թե որ ողջ ես. թե էն է՝ պառկել ես հողի տակ, տղերքդ ողջ ըլնեն: Էսպես մեկ տաղ կերգեր բանտի մեջ, երկու տարի միալար: Էդ տաղի խոսքերը մտքիս մեջ տպվել են: Քսան տարի է՝ ամեն օր կըսեմ ինձ ու ինձ:

Կանաչ դաշտի պարզ հոլիկը
Շահի ոսկե քյոշքից լավ է,
Քրտինքովդ կերած հացը
Սուլթանների ճաշից լավ է:
Շահիրների մուղամներից
Քամու ազատ շունչը լավ է:
Հարուստ, հպարտ ախպորիցդ
Սրտամոտ օտարը լավ է:

— Լավ խոսքեր են,— ասացի ես,— բայց ո՞վ էր Միրզա Մեհդին:

— Էն աճամ էր: Իմ տարիքիս մարդ էր: Կեղծ փող էին գտել քովը, բերել կոխել էին բանտը: Երկու տարի իրար հետ շա՛տ սիրով ապրանք, կողք-կողքի, մեկ ամանից էինք ուտում: Իմ ու քու չունեինք: Չգիտեմ՝ մեղավոր էր, թե փորձանքի մեջ ընկած.— բանտում բռնված մեկը չկա, որ իրան մեղավոր հաշվե, ամեն մարդ իրան արդար, անմեղ է հաշվում.— բայց ազնիվ, պատվական մարդ էր, իմաստուն մարդ էր, խելքի ծով. շա՛տ երևելի խոսքեր ուներ:

Կնստեր թախտի վրա, չիբուխը կքաշեր միալար ու կըսեր.— «քաշենք համբերանքի չիբուխը մինչև ազատության դուռը բացվի»: Ես էլ նրանից սովորեցի էդ խոսքը, ես էլ կքաշեմ հիմի համբերանքի չիբուխը՝ մինչև...

— Կնի՛կ, մեկ հատ էլ լից,— ընդհատելով իր խոսքը՝ Օհան-ամին դիմեց կնոջը, և լիքը բաժակը վերցնելով, կարծես, մի վայրկյան մեզնից անջատվելով՝ հայացքը հառեց հեռուն:

— Կենա՛ցդ, Միրզա Մեհդի, ախպեր ջան,— ասաց և բերանը սրբելով դարձավ ինձ.

— Հա՛, էն կուզեի ասել՝ աշխարքը էն գլխից համբերանք է եղել ու կա...

Շա՛տ տեսակի մարդիկ կային բանտը — եփված, աշխարհատես: Հայ ասես, թուրք ասես, էլ քուրդ, ըռուս: Վարժապետ կար, վաճառական, գրել-կարդալ գիտցող մարդիկ: Շա՛տ բան սորվեցի էդ մարդկանցից: Վաստակածդ փողը քուկը չէ, կրնա ուրիշը գողնա տանի, բայց ինչ որ սորվեցիր՝ էն քուկդ է:

Մեկ լավ ջահել տղա կար՝ անունը Սարգիս: Հարազատ ախպերը քառասուն տնսակ զրկել էր նրան, վերջն էլ հողը ձեռքից ուզեցել էր խլե: Սարգիսը կրակ էր բացել վրեն, վիրավոր էր արել, բայց չէր սպանել: Բանտ էին քցել մեկ տարով: Բանն աջողի, անուշ տղա էր, զառի պես, պատվով:

Էդ ազահ ախպոր վրա Միրզա Մեհդին ըսավ:

— Ժամանակով աճամի հողը մեկ մարդ կուզա, կիջնի մեկ գեղ ու կխնդրվի՝ իրան դրկից շինեն, հող տան, ապրի: Գեղի մեծերը կըսեն.— էս հողը քեզի. կըսե՝ քիչ է: Կըսեն. — էն մեկն էլ քեզի. կըսե. նորեն քիչ է. էն ժամանակ գեղի մեծերը կըսեն.— Է՛յ դու ծակաչք մարդ, ահան մեր հանդը առաջդ է, վազե՛, ինչքան ոտքդ կտրեց՝ էն քեզի: Էս մարդն էլ էնքա՛ն կվազե, էնքան կվազե, որ վերջը շունչը կկտրի, սիրտը կպատռի, կընկնի, կմեռնի... Հիմի քու ախպերն է. պատիժն առավ, մահը մոտիկուց տեսավ: Էդքանն էլ բավական է:

— Մեկ հատ էլ խմենք ու ընենք՝ հերիք է:

Իմ մերժումիս վրա՝ ինքը խմեց:

— Բանտի մեջ մեկ կոտր ընկած վաճառական կար, շատերի փողը կերել էր: Ծիծաղու բան էր: Ում փողը որ կերել էր, նրանց շատերից ամեն օր ուտելիք ու խմելիք կստանար: Էդ բանի վրա ինքը կըսեր թե՝ ես Նոյ նահապետի պարտապանն եմ: Ըսել է թե՝ ջրհեղեղի ժամա՛նակ, երբ որ տապանը ջրերի վրա էր, մեկ մարդ լող է տալիս դպա տապանն ու գոռում.— Նո՛յ ջան, ճոպանը քցե, տապանդ ելնեմ: Մի՛տքդ չէ՞, որ դու եդ չունեիր, քեզի մի տիկ եդ տվի: Նոյ նահապետը չլսելու տվավ ու մտքի մեջ ըսավ.— Ազատեմ, հետև պտի կանգնի, եղը պահանջե: Թող ջրի տակն անցնի:

Մեկ ուրիշ մարդ մոտեցավ, թե՝ Նո՛յ, ազատի ինձի, դու լավ մարդ ես: Էն տարին ալյուր չունեի, մեկ ջվալ ալյուր փոխ տվիր... Նոյ նահապետը տղոցը, թե՝ ազատեցեք, խեղճ է: Ու մտքի մեջ ըսավ,— որ խեղդվի, ալուրս պտի կորի. ազատեմ, կելնի, կաշխատի, պարտքը կուտա:

Հիմի էլ էս իմ պարտատերերն են:

Օհան-ամին չիբուխը լցրեց և մի կում ծուխ, առնելով ու արձակելով, շարունակեց.

— Էսպես, բանտ ըսածդ մեկ հավաք աշխարք է: Մենակ էն զանազանությունը կա, որ աշխարքում չբռնված գողերն ու արունքտերերն են ապրում, իսկ բանտի մեջ՝ բռնված գողերն ու արունքտերերը:

Բանտի մեջ հասկացա բանի ուղն ու ծուծը. էն թե՝ ամեն, ամեն գեշ բաների պատճառն իմ ու քուն է: Գեղ ու քաղաք իրար զզում են փողի, հարստության համար, ուրիշի աշխատանքը տանելու համար:

Ու քանի որ փողը կա, մարդ չկա, քանի իմ ու քու կա, սեր ու խիղճ չկա: Էդտեղից էլ հարուստ ու աղքատ, զրկող ու զրկվող, բանտ արունհեղություն:

Թուրքը կըսե.— «Կռիվն ուրտեղի՞ց է:— Մեկը կուտե, մեկելը կաշե.— կռիվն էդտեղից է»: Ես իմ մասիս.— հաշիվս խտկել եմ աշխարքի հետ: Ուրիշ ի՛նչ կրնայի անել: Կռվեցի, բա՛նտ դրին, մենակ մնացի: Մենակ մարդն ի՞նչ կարող է անել աշխարքի սարքի դեմ: Զարկես–զարկվես, օգուտն ի՞նչ: Գեղ պիտի կանգնի, որ գերան կոտրի: Հիմի՝ իմ ձեռքս առանց ուրիշի բերնից հաց փախցնելու՝ իմ բերնիս հացը կվաստակե, և էլ արդար հացս միշտ կիսել եմ ուրիշի հետ, ծանոթ-անծանոթի հետ:

Ուրախ աղմուկով թևերը թափ տալով եկավ խելառ Մխոն:

— Մխո ջան,— ասաց Օհան-ամին,— նստի հաց կեր:

— Մխոն էնքան ուրախասիրտ է,— դարձավ Օհան-ամին ինձ,— գիտես թե ո՛չ պառավանալ կա, ո՛չ մեռնել: Աշխարքը իրան վրա ծախես, մեկ կոպեկի չի առնի: Ամենեն հարուստ մարդն է, ինչու որ ամենեն գոհ ու կուշտ մարդն է: Ամեն բանի հաղթել է:

Մխոն Օհան-ամու քրոջ որդին էր՝ մանուկ հասակից որբացած: Մեծացել էր քեռու տանը, իբրև նրա որդիներից մեկը: Մոտ երեսուն տարեկան կլիներ, նեղ ճակատով, մեծ քթով և բարձրահասակ:

«Խելառշունչի մեկն է», գյուղացիները այսպես էին բնորոշել նրան: Խելառ-խելոք: Խոսում էր անկապ, տակից-վրայից, սարից-ձորից: Սակայն մշտական զվարթ տրամադրության մեջ էր այդ մարդը: Թվում էր, թե՝ երբեք տխրության զգացած չէր կարող լինել նա: Աշխարհի չար իրերը նրան բարի դեմքով էին երևում: Ամեն բան ծիծաղի առիթ էր նրա համար — մահն էլ, մահի բոլոր տարրերն էլ — ցավ, հիվանդություն, ծերություն:

Մխոն ապրում էր Օհան-ամու հետ, թեև նրա մի ոտը ջաղացումն էր, մյուս ոտը՝ գյուղում: Միասին վարում էին իրենց փոքր տնտեսությունը՝ բաղկացած մի-երկու տասնյակ հավերից ու բադերից և մի կթան կովից: Միասին կռանում էին ջաղացաքարը և սարքի զցում:

Մխոն անչափ նվիրված էր Օհան քեռուն, նրա խոսքին՝ հլու-հնազանդ: Եվ միայն Օհան-քեռու հարցերին էր լուրջ պատասխանում:

Մխոն գդակ չէր դնում, զարան-ձմեռ: Մազերը թաղիքի պես կպել էին գլխի մաշկին: Միայն սաստիկ ցրտերին բաշլուղ էր փաթաթում գլխին:

Երբ գդակ էին տալիս՝ նա մի կողմ էր նետում, ասելով.— «Իմ փափախս զտեք, տվեք՝ դնեմ, ուրիշը չեմ ուզե: Իմ փափախս վեցը հատ աբասի արժեր»:

Գյուղի երիտասարդները, յուրաքանչյուր անգամ նրան տեսնելիս՝ հարցնում էին.

— Մխո՛ ջան, փափախդ ո՞ւր է:

Եվ Մխոն ամեն անգամ, օրական հարյուր անգամ իսկ, միննույն պատասխանն էր տալիս.

— Ի՞նչը:

— Փափախդ ո՞ւր է:

— Ո՞ւմ:

— Քու փափախդ ո՞ւր է:

— Փափա՞խս, հա՛: Քամին տարավ փափախս: Չգիտեմ, խոլեռի տարին էր, թե քեռուս ձիու կորած տարին, մեկ սատանի քամի ելավ, աշխարք առավ մեջ, ջաղցի քարի պես պտտցուց, ֆռռացրեց: Ես մե մենձ քարի տակ մտա, քարը բռնի, տափ եղա: Մենակ փափախս տարավ, էդ տանելն է, որ տարավ: Հիմի վո՛վ գիտե, փափախս ո՞ր սարի գլուխն է կորել, ո՞ր ծովերու վրեն կտմբտմբա:

Ի՛նչ փափախ, ի՛նչ փափախ, վեցը հատ աբասի արժեր:

Մխոն սեղանի ափին ծունկի եկած՝ ձեռքին ընկածը խոթում էր բերանը և խնդումերես նայում Օհան-ամուն:

— Մխ՛ո, գե՞ղն էիր,— հարցրեց Օհան-ամին:

— Վո՞վ:

— Դու գե՞ղն էիր:

— Չէ, քեռի ջան, գնացել ճամփու վրեն կայնել էի էկող–էրթացողի հետ մե-քիչ խորաթա էնելու:

— Քեռի ջան,— բարձր ծիծաղով ավելացրեց,— ըսին թե՝ հոռոմցի Բաթո աղեն մեռել է, հա՛, հա՛, հա՛, մեռել է:

Եվ ծիծաղից դողում էր ողջ մարմնով: Օհան-ամին աչքերը մի պահ զոցեց, ձախ ձեռքով տրորեց ճակատը և ապա աչքերը վրաս հառելով՝ ասաց.

— Գոռղ-զոփողի մեկն էր, աղքատի շապիկը վրայից հանող: Տեղովը որ արև-արեգակ ըլներ էդ Բաթո աղեն, էլի մեկ մարդու չէր կրնա տաքացնե:

Ողորմի՛ կողքի մեռելներին...

Եվ մի երկու ումպ թեյից հետո՝ շարունակեց:

— Լավ կճանչնայի, ինչքան որ ագահ էր, էնքան էլ կծծի էր: Աշխարքը իրան տայիր՝ աչքը էլի մրջյունի տարած մեկ գարի հատիկի վրա կըլներ: Ագահ մարդու փորը կրնա կուշտ ըլնի, բայց աչքը միշտ անոթի կըլնի:

Էս մարդը բան էլ չէր ուտում, միալար կդիզեր ու կդիզեր: Տղա զավակ էլ չուներ, դիզածը մնաց փեսաներին: Էդպես է աշխարքիս բանը՝ կծծի մարդու վիզը ոջիլը կուտե, փողը՝ ուրիշը:

— Մարդը գնացական է,— ամփոփեց իր մտքերը Օհան-ամին,— նրա լավ գործը՝ մնացական, ըսել է՝ ինքն է մնացական: Ա՜յ, խոսքի օրինակ, էս շաքարը գցեցիր չայի մեջ, հալավ, կորավ, չկա. բայց չայն անուշցավ: Էնպես էլ լավ մարդը կմեռնի, բայց նրա լավ գործը աշխարքը կանուշցնէ: Թե չէ առանց լավ մարդու աշխարքը շա՜տ դառն է՝ օձի լեղի...

— Վո՞վ,— հարցրեց Մխոն:

— Բաթո աղի վրա է խոսքս, Մխո ջան:

— Որ մեկ բրդուճ հաց տար ուրիշին, ի՞նչը կծռվեր,— ասաց Մխոն քրքջալով:

— Ղուրբան եմ եղել էդ ճակատիդ, Մխո՜ ջան,— խրախուսեց Օհան-քեռին մի մեծ կտոր շաքար Մխոյին տալով, որը դոթ-դոթ աղմուկով մանրեց ատամների տակ:

Քայլ առ քայլ երեկոյանում էր: Լեռները ծփում էին մանուշակի գույների մեջ, արևածաղիկները ոսկե գլուխները կախում էին: Դաշտերից ու արտերից դանդաղ-դանդաղ տուն էին դառնում շինականները:

Ես վեր կացա գնալու: Օհան-ամին ուղեկցեց ինձ մինչև բոստանի ծայրը՝ ճանապարհին մի քանի մատղաշ վարունգներ քաղելով ինձ համար:

Բոստանի ծայրին կանգնեցինք: Օհան-ամին ծանրությամբ նայեց շուրջը — դաշտերին ու գետի փայլփլան ոլորներին, դաշտերի մեջ ձգվող շավիղներին, նայեց հեռավոր լեռներին, որոնց նայել է տասնյակ տարիների ընթացքում, և մայր մտնող արևին նայեց, ու չիբուխը վառելով ներս տարավ մի ումպ ծուխ, և ապա ծուխ ու հոգոց իրար խառնելով, ասաց.

— Է՜հ, ծերացա՜նք, ըսել է՝ եկանք հասանք ծերին: Ամեն բանի ծերին, կյանքի ծերին, աշխարքի ծերին... Վնաս չունի: Մեկ խնդրանք ունիմ - քանի ողջ եմ, ոտ ու ձեռով մնամ, գետնին գերի չըլնիմ, աշխատեմ, ու էստեղ, ջաղացիս դուռը նստած, համբերանքի չիբուխս քաշեմ, ու ամեն օր լսեմ բարի, ուրախ լուրեր աշխարքիս չորս դիերից, ամեն կողմերից: Էլ ուրիշ բան չեմ ուզի...

Իմ սիրելի՜ Օհան-ամի:

Շա՜տ և շա՜տ տարիներ են անցել այն օրերից, շա՜տ բան է խավարել իմ հիշողության մեջ, սակայն անջնջելի է մնացել քո նահապետական պատկերը իմ հոգում:

Եվ հիշում եմ միշտ քո անմոռաց զրույցները, և քո համբերանքի չիբուխի խաղաղ ծուխը աչքիս առջևն է դեռ, և քո հանգիստ, հնամենի ձայնը ականջումս է տակավին...

ՆՈՐ ՏԱՐՎԱ ԴԻՄԱՎՈՐՈՒՄԸ ՓԱՐԻԶՈՒՄ

Երբ Փարիզ էի, մի քանի ընկերներից հրավեր ստացա նոր տարին միասին դիմավորելու:

Դեկտեմբերի 31-ի գիշերը, մոտ ժամը 10-ին, մեր խումբը ռեստորանում արդեն զրավել էր վաղուց պատվիրած սեղանը: Ռեստորանի ընդարձակ դահլիճը լիքն էր հասարակությամբ, բոլոր սեղանները բռնված էին: Կային բազմաթիվ կանայք՝ շքեղ հագնված, ծաղիկներով զարդարված: Դահլիճը լուսավորված էր անհամար ջահերով, ամեն սեղանի վրա լույսեր կային, որոնք բխում էին ծաղիկների միջից:

Կանանց օղերի և մանյակների, ապարանջանների և մատանիների գոհարներն անթիվ աստղերի պես շողշողում էին շլացուցիչ փայլով:

Երաժշտությանը նվագում էր, և տեղ-տեղ պարում էին զույգերը:

Ֆրակներ հագած սպասավորները, ճարպիկ և ճկուն ձեռնածուների նման, մատների վրա կրելով մատուցարանները, ափսեներով, բաժակներով, կերակուրներով լեցուն, անցուդարձ էին անում սեղանների միջով:

Ամեն սեղանից ճառագայթում էր ծիծաղ, քրքիջ, զվարթ ձայներ:

Նայում էի շուրջս, մոտիկ ու հեռուն. բոլորը զվարթ էին, բոլորի աչքերի մեջ՝ պայծառ ժպիտ կար և գոհունակություն: Կարծես այս մարդիկ բնավ վիշտ չէին տեսել, ոչ մի տխուր ժամ չէին ունեցել և հիմա հավաքվել էին այստեղ նույն հավատքով ընդունելու նոր եկող տարին, որ շարունակողն է լինելու իրենց ուրախության և երջանկության:

Ժամանակը քանի մոտենում էր գիշերվա ժամի 12-ին, երբ

պիտի հին տարին տեղի տար նորին, ընդհանուր զվարթությունը լցվում էր, ուռճանում, որ պիտի պայթեր շամպայնի գինու շշերի աղմուկով թռչող խցանների հետ և պիտի հորդեր շշերից հոսող փրփրուն գինիների հետ:

Փողոցից, ռեստորանի հսկա լուսամատներից նայում էին ներս ցնցոտիներ հագած մարդիկ, խեղճ երեխաներ: Նույնիսկ մի քանի երեխաներ համարձակվել էին ներս մտնել և դռան մոտ կուչ էին եկել վախվխելով:

Ներս մտնող պարոնները նայում էին նրանց և անտարբեր անցնում, ոմանք մի քանի սանտիմ էին դնում նրանց ափերի մեջ:

Սպասավորները անընդհատ և զայրույթով նրանց քշում էին դուրս:

Մի պահ անց, նորից ներս էին մտնում նրանք:

«Երևի դահլիճի լույսն ու շքեղությունը հրապուրում է նրանց,— մտածում էի ես,— և մոռացության մատնում իրենց ապրած դառն իրականությունը»:

Ես նկատում էի, որ մի սպասավոր չափազանց կատաղած է նրանց դեմ, կոպտաբար ծոծրակներին զարկելով վռնդում է դուրս:

Այս տեսարանն ուղղակի փչացնում էր իմ և ընկերներիս տոնական տրամադրությունը, մանավանդ որ մեր սեղանը մուտքից հեռու չլինելով, ավելի մոտիկից տեսնում էինք այս տխուր պատկերը:

Մի քանի ֆրանկ տվինք սպասավորին, երեխաներին հանձնելու համար:

«Զարհուրելի բան է աշխարհը»,— ասաց ընկերներիցս մեկը՝ մի ծխախոտ վառելով:— «Մանավանդ մեծ քաղաքը»,— հարեց մի ուրիշը: «Քանի աղքատ կա քովդ, երջանիկ չես կարող լինել»,— ասաց մեր ընկերներից մեկի տիկինը:

Երաժշտությունը մի պահ դադարեց, մի քանի րոպե միայն մնում էր ժամի 12-ին: Բոլորը, բոլորը պատրաստվում էին «խորհրդավոր» վայրկյանին, ժամի 12-ի հնչելուն, երբ հանկարծ մի ցավագին ճիչ լսվեց, մի աղիողորմ ձայն, բոլորը դարձան ձայնի կողմը, դռան մոտ էր: Երեխաներին դուրս քշելիս, սպասավորներից մեկը բռունցքով ամուր հարվածել էր մի երեխայի երեսին: Խեղճ երեխան երկու ձեռքով բռնել էր բերանը, բայց քթից հոսում էր արյունը, խեղճը լալիս էր և վախեցած ճչում:

Կանայք շրջում էին՝ դեմքերը կնճռոտելով և ծածկելով հովհարների տակ: Շատերը զայրացած էին, չգիտես ո՞վ, ո՞ւմ դեմ:

Ռեստորանի կառավարչի հրամանով երաժշտությունը որոտաց և ձայների մեջ խեղդեց երեխայի լացը։

Մի րոպե անց, երեխաներից մաքրված էր դուռը, և մի սպասավորուհի սրբում էր հատակի արյունը։

Այդ վայրկյանին հնչեց ժամը 12-ը. շամպայնի շշերը պայթյունով բացվեցին, և դահլիճը թնդաց ուռաների մեջ։

— Վատ սկսվեց տարին,— ասաց ընկերներիցս մեկը։

— Դատարկ խոսք է ասածդ,— խստությամբ վրա բերեց ուրիշը,— ուրախ լինենք, քեֆ անենք, ամեն տարի ողջ, առողջ...

Բայց մեր բոլորի տրամադրությունը փչացել էր, թեև ձգտում էինք ուրախ ձևանալ։

Սակայն այդ գիշեր ինչ որ ես ուտում էի և խմում, ինձ այնպես էր թվում, թե այդ խեղճ երեխայի արյունն է թափվել իմ բոլոր կերած-խմածի մեջ։

ԼԵԳԵՆԴՆԵՐ ԵՎ ԲԱԼԼԱԴՆԵՐ

ՊԱՆԴՈՒԽՏ ՈՐԴԻՆ

Դարդը՝ սրտիս, աղքատ ու խեղճ, ցուպը ձեռիս, գլխակոր,
Շա՜տ տարիներ պանդուխտ եղած՝ նորեն դարձա հայրենիք.
Կյանքի բեռով մեջքս ծռած, միտքըս շվար ու մոլո՛ր,
Յոթը սարեն, յոթը ծովեն դարձա նորեն հայրենիք։

Իմ հայրենի գեղի հանդում տեսա մանկութ ընկերիս.—
Ա՜խ, ընկեր իմ, կարոտ սրտով նըրա առաջ վազեցի,
Ասի.—Բարո՛վ, անգին ընկե՛ր, չե՞ս ճանաչում դուն ինձի։
—Ախըր ես շա՜տ փոխվեր էի... չըճանաչեց նա ինձի։

Ցուպը ձեռիս գեղը մտա, անցա յարիս տան ճամփով.
Տեսա յարըս վարդը ձեռին՝ մենակ կանգնած դռան մոտ.
Ասի. — Քուրիկ, ազիզ տեսքիդ արժանացա ես բարով...
Նա էլ ինձի չըճանաչեց...— աղքատ էի ու փոշոտ...

Դարդը սրտիս հասա մեր տուն, տեսա ծերուկ, խեղճ մորս.
Ասի.— Նանի, ճամփորդ մարդ եմ, գիշերս ինձ հյուր կընդունե՞ս:
Ա՜խ, մերի՜կ ջան... վզովս ընկավ, սըրտին գըրկեց ու լացեց,—
Ա՜խ, բալա՜ ջան, դարիբ բալա՜, էդ դո՞ւն ես...:

ՄԱՅՐԸ

(Շիրակի ավանդավեպ)

Անտառներում՝ աշնան թափուր,
Երբ թաց խավարն է իջնում,
Երբ դաշտերում մերկ ու տխուր,
Ցուրտ քամին է շառաչում,—
Ամեն անգամ զգում եմ նոր
Զրույցն այս խեղճ պառավ մոր:
Եվ խորհում եմ, թե արդյոք ո՞ւր,
Մեզնից մոտիկ կամ հեռուն,
Ո՜ր անտերունչ խեղճին հիմա
Չարի ձեռքն է հարվածում...
Չգիտեմ՝ ե՜րբ, և ո՜ր շենում
Իրեն որդու, հարսի քով
Մի խեղճ պառավ մայր էր կենում,
Ծանըր ականջ, կույր աչքով:
Ոտ ու ձեռից ընկած, անճար,
Հաց չտային, չէր ուզում.
Եվ օրն ամբողջ նրանց համար
Աղոթքներ էր մրմնջում:

—Օ՛ֆ — ասում էր հարսն ամեն օր,
Մերըդ բեռ է իմ վըրա.
Բանըս թողած՝ օրը բոլոր
Փեշն եմ բռնել ես նըրա:
Աչքը՝ անկուշտ, ինչքան որ տամ,
Միշտ անեծքը բերանին,
Նստել է մեր շնչի վրան,
Տար, կորցրու՝ ազատվիմ...
—Ա՛յ կին, ի՞նչ չար բան կըխոսաս,
Մարդ էլ ծնող մորն էսպես...
Կբարկանա աստված վրաս,
Մեղա՛ աստծու, մեղա՛ քեզ:

Բայց ամեն օր հարսն անողորմ
Ամուսնու սիրտն էր կրծում,
Եվ խստաբար պահանջում էր
Իր չար կամքին գոհացում:
Ու մի օր էլ ճըչաց, լացեց,
Պոկեց մազերը գլխից,
Վրա պրծավ, դուռը բացեց,
Թե մորըդ տար իմ տնից.
Թե ոչ՝ հիմի դուրս կթռնի
Ու կըձենե աշխարհում,
Թե մարդն իրեն օր չի տալի,
Թե ուրիշին է սիրում:
Թշվառ մարդն էր. ճարը կտրած,
Վերցըրեց մորը պառավ,
Անգութ հարսի աչքի առաջ
Պարկը դրեց, ուսն առավ:
Գլուխը կոր՝ ճամփա ընկավ,
Միտքը՝ մռայլ ու խոլոր,
Սև ամպերից գիշերն իջավ,
Ճամփան՝ մթին ու մոլոր:
Ուշ գիշերին հասավ անտառ,
Խոր ծմակում, ծառի տակ,
Պարկը ձըգեց — մորը անճար
Չըգեց անտեր ու մենակ:

Աշնան քամին էր հեծկլտում,
Գայլն էր տալիս կալանչին.
Ոտքը փոխեց, որ դառնար տուն,
Մոր ձայնն հասավ ականջին.
—Երթաս բարով, աստված քեզ հետ,
Ոտքդ քարի թող չըգա.
Տղա՛ս, վերցրու պարկը քեզ հետ,
Պարկը տանը պետք կըգա:

ՍԻՐՈ ՎԵՊԸ

Կանաչ ծառի տակ
Նստել էր մենակ
Մի խեղճ կույր գուսան, և կրծքի վրան
Սեղմել էր մի սազ, ու ուներ միայն
Մի դողդոջուն լար:
Կանաչ դաշտն ի վար
Հոսում էր երգով
Զմրուխտի նման մի կանաչ վտակ,
Եվ երգում էր նա անուշ կայլակով
Ամպերի մասին՝ հակինթ ու սուտակ,
Որ ծվարում են լեռան գագաթին,
Ուրկից ցատկեց նա անդունդը մթին...
Գուսանը մեղմիկ
Զարկում էր լարին,
Լարը քնքշիկ
Պատմում էր լռին
Մի վեպ սիրային...
—Հին ժամանակում, ոսկի դղյակում
Ապրում է չքնաղ մի աղջիկ,

Այնպե՜ս գեղեցիկ, այնպե՜ս գեղեցիկ,
Ինչպես կարապը՝ թևերն արծաթյա
Լճակի փիրուզ ջրերի վրա...
Հեռու մի երկրից
Եկել է ահա՜
Մի սիրուն տղա,
Գինով այդ սերից
Ծունկի է իջել չքնաղ աղջկա
Պատուհանի տակ, սեր է աղերսում.
«Չքնա՜ղ, քո սիրուն
Կտրել, անցել եմ աշխարհե-աշխարհ,
Թողել եմ հայր, մայր միայն քեզ համար:
Վառ երազիս մեջ պատկերդ տեսա,
Եվ երազելով քո դուռը հասա»:
Սակայն աղջիկը չի լսում նրան,
Եվ միտն է բերում՝ ինչպես մի անգամ
Շքեղ, աննման եկավ մի ասպետ
Եվ անցավ, գնաց ու չնայեց ետ:
Լքել է կույսը դղյակը ոսկի,
Առել է ձեռը մի ցուպ երկաթի,
Ընկել է թափառ
Աշխարհե-աշխարհ
Սիրած ասպետին գտնելու համար,
Որ գնաց, գնաց... առանց վերադարձ:
Իսկ հեռու երկրից եկած պատանին
Իր սերն է հայտնում նրան վերստին.—
«Հոգիս քաղվում է քեզ համար, ի՜մ սեր,
Կըկանգնեմ այստեղ դարեր ու դարեր,
Եվ մահը միայն կարող է բռնի
Բաժնել ինձ քեզնից...»:
Աղջիկը սակայն
Չի լսում նրան...
Անհայտ մի երկրում, տարիներ հետո
Գտավ նա հետքը սիրած ասպետի,
Բայց, ա՜խ, ասպետը գնացել է հեռու
Իր սիրո հետքից կամ իր երազին,

Նա կըտիրանա, կամ էլ չի դառնա,
Էլ ետ չի դառնա...
Եվ հետևում են օրերը իրար,
Եվ խեղճ պատանին ծնրադիր, խոնարհ
Սեր է աղերսում...
Հեծկլտաց լարը, դողաց-դողդողաց
Եվ քնքուշ լարը կտրվեց հանկարծ...
Գուսանը սեղմեց կրծքին սազն անլար,
Եվ նայեց շուրջը տխուր ու մոլոր...
Եվ վեպը այսպես մնաց կեսկատար,
Բայց մինչև այսօր
Այս թերատ վեպը միշտ իմ ականջում
Հնչում է որոշ, և լավ չեմ հիշում,
Արթո՞ւն եմ լսել, թե՞ մի անուրջում.
Կարծես հինավուրց մի հեքիաթ լինի,
Որ հյուսել է մի հարազատ ոգի
Հեռու անանուն
Մի հին աշխարհում...

ՀԱՎԵՐԺԱԿԱՆ ՍԵՐԸ

I

Լուսակերտ է ապարանքը Թադմորի,
Անապատում, որպես երազ ոսկեհյուս.
Յոթն հարյուր սյունի վրա մարմարի
Սլանում է աշտարակը երկնասույզ:

Շուրջը նազուկ արմավենու պուրակներ,
Ուր երգում են հրաշք-հավքեր կարոտով,
Շատրվաններն հուրհրում են կրակներ,
Ծաղիկները պճնազարդում արծաթով:

Գահի վրա երիտասարդ Էլ-Սաման
Մեղմ գրկել է հրաշագեղ բամբիշին.
Կրծքի վըրա հյուսքը նրա - ծփծփան,
Հանց նունուֆար լույս-աղբյուրի երեսին:

Փերուզ ծովը, որ փարում է մշտաթոր
Սեպ ժայռերը Լիբանանի փեշերի՝
Չունի այնպե՛ս, այնպե՛ս փրփուր ձյունաթույր
Ինչպես կուրծքը լուսապայծառ բամբիշի:

Արքայական գահի շուրջը զվարթուն
Մանկլավիկներ և նաժիշտներ ոսկեհեր
Նվագում են, կաքավում են ու երգում
Գիշերները, առավոտուց մինչ գիշեր:

II

Երբ հանգչում են ապարանքի ջահերը,
Եվ արծաթյա կարապի պես լուսնկան
Փայփայում է ավազանի ջրերը,
Շընչում է սյուգի նման Էլ-Սաման:

Շընչում է լուսաթաթախ բամբիշի
Ականջն ի վար այնպես քնքուշ, հեզասահ,
Ինչպես լուսնի շողակաթը թավիշի
Այն հոյակապ սյուներն ի վար մարմարյա:

—Բարձր են երկրի ձեղունները, նազելի՛ս,
Բայց իմ սերը բարձրաբարձր է նրանցից.
Խոր են երկրի հիմունքները, նազելի՛ս,
Բայց իմ սերը խորախոր է նրանցից:

Արուսեկը, որ ներկում է ծիրանի
Շրթունքները զառնուկների Տյուրոսի,
Այնքա՛ն կարմիր, այնքա՛ն կարմիր բոց չունի,
Ինչքան որ քո համբույրները սնդուսի:

Կխորտակվի ապարանքըս գեղանի,
Եվ կծածկվի ապարանքի շնչի տակ,
Կբարձրանա անհուն ծովը Միդոնի
Եվ կգերե անապատը ծագե ծագ,—

Ժամանակը իր վախճանին կհասնի
Եվ արևը մի բուռ մոխիր կդառնա,
Բայց իմ սերը վախճան չունի, հուն չունի,
Նա հավերժ է, նա անշեջ է, նա անմահ...

Չէացնող համբույրներում դյութական,
Հանց հինավուրց հեքիաթական գինու մեջ,
Թալկանում է և հալչում է Էլ-Սաման...
Ժամանակը դառնում՝ վայրկյան ու հավերժ...

Ապարանքի եբենոսյան դռներից
Երազանուշ մուշկ ու կնդրուկ է բուրում.
Մանկլավիկներ ու նաժիշտներ ցնծալից
Նվագում են, ու երգում են, ու պարում...

III

Լռությունը մահվան թևով ծվարած՝
Առկայծում է կանթեղն աղոտ, մենավոր,
Եվ մեռնում է հեզ բամբիշը դալկացած
Էլ-Սամանի կրծքի վրա սգավոր:

Նա մեռնում է ինչպես ցողը բողբոջում,
Մանկիկն ինչպես սուրբ գրկի մեջ մայրական.
Եվ հրծծում է, աղոթքի պես շշնջում
Հեզ բամբիշի ականջն ի վար Էլ-Սաման:

—Կըխորտակեմ կամարները երկնային,
Ես չեմ թողնի, ես չեմ թողնի՝ դու մեռնիս.
Ե՛վ կվանեմ, և՛ կհաղթեմ չար մահին,
Ես չեմ թողնի, ես չեմ թողնի՝ դու մեռնիս:

Եվ գրկել է դժգունացող բամբիշին,
Մահվան հանդեպ սուր ու վահան է շարժում.
Եվ բամբիշի սառած-մեռած շրթներին
Իր հրեղեն սերն ու շունչը ներարկում:

IV

Լուսիններ են եկել-անցել, ու կրկին
Մեռած բամբշին ամուր գրկած Էլ-Սաման
Շշնջում էականջն ի վար մեղմագին,
Ինչպես դեղին սյուներն ի վար լուսնկան:

Եվ լքել են ապարանքը սարսափից
Մանկլավիկներն ու նաժիշտներ ոսկեհեր.
Արմավներն են լուռ սոսավում թախծալից,
Եվ մարել են վառ ծաղիկներն ու ջահեր:

Շատրվաններն հեծկլտում են ու լալիս,
Եվ սյունից սյուն սարդը ոստայն է հյուսում.
Անապատի հողն է միայն այց գալիս
Եվ գահի շուրջ կաղկանձում ու փսփսում:

Օձն է սրբում սառն ու փայլուն կողերով
Էլ-Սամանի ոսկորների լուռ փոշին,
Բայց Էլ-Աաման կմախքային ձեռներով
Պիրկ գրկել է նորից հյուծված բամբիշին:

Եվ քայքայուն ականջն ի վար լռելյայն
Մեռած, սառած շրթունքներով Էլ-Աաման
Շշնջում է հավերժաբար ու անձայն,
Ինչպես խարխուլ սյուներն ի վար լուսնկան:

Պուրակները չորացել են, չքացել,
Եվ շիջել է լույս երազը սյուների.
Անապատը դեղին քղանցքն է փռել
Եվ ծածկել է ապարանքը Թադմորի...

Եվ ավազուտ շիրմի վրա մենավոր
Աշտարակն է մնում կանգուն ու վկա,
Որ իմանան վառ աստղերը հեռավոր
Էլ-Սամանի սերը հզո՛ր ու անմա՛հ:

Որ աշխարհին պատմեն սերը հաղթապանծ.
Էլ-Սամանի սերը՝ անա՛նց, հավերժո՛ղ,
Քարավաններն ու ճամփորդներն երկյուղած
Հեռուներից հեռուն եկող-գնացող...

ԱՄՊԵՏԻ ՍԵՐԸ

Հին ժամանակ իր ամրոցում ոսկեղեն
Կըբնակվեր հուր ու հրաշք մի աղջիկ.
Ու կսպասեր, որ հեռավոր տեղերեն
Իր երազի ասպետը գար գեղեցիկ:

Եվ ձին հեծած, բանակներով հաղթազեն,
Եկավ մի օր կանաչ-կտրիճ մի իշխան...
Սանձը ձգեց, ու քար կտրեց հիացքեն,
Երբ որ տեսավ պատշգամբում աղջկան:

—Հրաշք - աղջի՛կ, թագավորիս զորքերով
Կես աշխարհը դրոշակիս տակն առա.
Քեզ սիրեցի, սիրտդ տուր ինձ, քո սիրով
Մյուս կեսն էլ տիրեմ, բերեմ քեզ ընծա:

—Այդ ի՞նչ սեր է,— ասաց աղջիկն ասպետին,—
Քաջ ես, գիտե՛մ, գիտե՛մ, չկա քեզ նման.
Դու կարող ես տիրել արար-աշխարհին,
Բայց այդ երբե՛ք հզոր սիրու չէ՛ նշան:

—Ինչպե՛ս հայտնեմ սրտիս հուրը, նազելի՛ս.
Կուզե՞ս պատմեմ կուրծքս հիմա այս սրով,
Ոտներիդ տակ նետեմ սիրտս սիրով լի,
Մեռնիմ ուրախ ու բախտավոր՝ քո սիրով:

—Այդ չէ՛ սերը, ասաց աղջիկն ասպետին,
Գիտե՛մ, քաջ ես, բայց շա՛տ վախկոտ, թույլեր կան,
Որ հուսահատ՝ քաջի նման կըմեռնին,
Բայց այդ երբեք անշեջ սիրու չէ՛ նշան:

Ու կտրիճը մնաց մոլոր ու շվար,
Աչքերն հանգած՝ լույս երեսին աղջկա.
—Ի՛նչ որ կուզես, ասա՛, անեմ քեզ համար,
Արևի տակ իմ սիրուս պես սեր չկա:

—Թե կսիրես, թո՛ղ ինձ հիմա ու գնա՛,
Ու ականջ դի՛ր, մի օր դուռդ կըբախեմ:
Այսպես ասաց, ու իր ծոցեն մարմարյա
Նետեց նրան մի հատիկ վարդ հրեղեն:

Ասպետն առավ վարդը, քնքո՛ւշ համբուրեց,
Վերջին անգամ նայեց, նայեց սիրածին:
Սիրու վարդը պահեց այրվող ծոցի մեջ.
Ու խթանեց, ու սլացավ նժույգ-ձին:

Եվ նստել է ամրոցի մեջ մեն-մենի
Այն իշխանը երազներում երջանիկ,
Վարդը ծոցում, ու ականջը մի ձենի...
Եվ թև առած, թռան օրեր ու տարիք:

Աչքերը գոց՝ պատած ոսկի մշուշով,
Ուր կըժպտար սեր-աղջիկը աննման,
Քաջ ասպետը բոց կարոտով, լի հույսով
Սիրտը ձենի՝ լուռ սպասեց աղջկան...

Եվ թև առան, թռան օրեր ու տարիք,
Վառ կտրիճը դառավ դողդոջ մի ծերուկ,—

Ու երբ մահը դուռը բախեց զարհուրիկ,
Հանեց ծոցեն վարդը խամրած ու դալուկ:

Միրու վարդը աչքին դրեց փափագով,
Ու համբուրեց, ու համբուրեց, ու... մեռավ՝
Հոգին լցված բլբուլների երգերով.—
Եվ զրույցս էլ ա՛յսպես տխուր վերջացավ...

ՄՈՐ ՍԻՐՏԸ

Կա հինավուրց մի զրույց,
Թե մի տղա,
Միամորիկ,
Սիրում էր մի աղջկա:

Աղջիկն ասավ — «Ինձ բնավ
Դու չես սիրում,
Թե չէ գնա՛,
Գնա՛ մորըդ սի՛րտը բեր»:

Տղան մոլոր, գլխիկոր
Քայլ առավ,
Լացեց, լացեց,
Աղջկա մոտ ետ դառավ:

Երբ նա տեսավ, զայրացավ.
— Է՛լ չերևես
Շեմքիս, ասավ,
Մինչև սիրտը չբերես:

Տղան գնաց և որսաց
Սարի այծյամ,
Սիրտը հանեց,
Բերեց տվեց աղջկան:

Երբ նա տեսավ, զայրացավ.
—Կորի՛ր աչքես,
Թե հարազատ
Մորըդ սիրտը չըբերես:

Տղան գնաց՝ մորն սպանեց,
Երբ վազ կըտար
Սիրտը՝ ձեռքին,
Ոտքը սահեց, ընկավ վար:

Եվ սիրտը մոր ասավ տխուր,
Լացակումած.
—Վա՜յ, խեղճ տղաս,
Ոչ մի տեղըդ չըցավա՞ց...

ՀԱՅՐԵՆԻ ՀՈՂԸ

Եղել է հնում, պերճ արևելքում
Մի քաջ զորավար՝ հայրենապաշտպան,
Առանց ընկճելու երկրի թշնամուն՝
Նրա սուրը երբեք չի մտել պատյան:

Նրա արձակած տեգը խոլական
Թշնամու հողում ցըցվել է ահեղ,
Նրա սարսափը օրհասի նման
Թշնամու գլխին կախվել ամեն տեղ:

Եվ ժողովրդի քնարը ազնիվ
Փառաբանել է անունը նրա,
Հաղթանակները փայլուն ու անթիվ՝
Սուրբ հայրենիքի ոսոխի վրա:

Բայց թագավորը՝ նենգ ու փոքրոգի,
Նախանձում էր խիստ նրա հռչակին.
Վառ լույսերի մեջ նրա մեծ փառքի
Զգում էր իրեն նվաստ ու չնչին:

Անհուն նախանձի կրքով տոչորուն՝
Մի օր խնջույքում արքայական տան,
Մի զորականի՝ անհայտ, անանուն,
Ժպտաց սիրալիր, դրվատեց նրան:

Եվ նա փոխարեն զորավարին մեծ՝
Տեղ տվեց նրան առընթեր գահի,
Հյուրերին բոլոր՝ զարմանք պատճառեց
Այնքան ապերախտ վարմունքն արքայի:

Մյուս օրը շքով այն զորականին
Սպարապետի սուր տվեց արքան,
Եվ հրամանատար կարգեց բանակին,
Իսկ զորավարին՝ թիկնապահ նրան:

Զայրացավ հոգին քաջ զորավարի,
Համհարզները իր սաստիկ զայրացան,
Առավ ընկերներն հին կռիվների,
Եվ հողն հայրենի թողին, հեռացան:

Գնացին նրա սուրի հետևից,—
Ճակատագիրը սուրն է քաջերի,—
Հողեր գրավեց բռնակալներից
Եվ դառավ իշխան տիրած հողերի:

Եվ երբ հրճվանքով լսեց թշնամին,
Թե անպարտելի զորավարը քաջ

Լըքել է անդարձ երկիրն հայրենի,
Եվ բաց են դռներն արշավի առաջ,—

Մոռացան իսկույն և՛ փորձ, և՛ սարսափ,
Հնչեց շեփորը գոռ պատերազմի,
Հին թշնամու դեմ խոյացան շտապ՝
Լուծելու անմոռ վրեժն արյունի:

Սահմաններն անցան և խուժեցին խոր,
Հրրի մատնեցին գյուղեր ու ավան,
Սպարապետը փախավ գլխիկոր,
Զորք ու ժողովուրդ խուճապի ընկան:

Խուռըն խռնվեց հրապարակներում
Ժողովուրդը ողջ, հեղեղանման.
—Ո՛ւր է, գոչեցին, զորավարը մեր՝
Սուրբ հայրենիքի փրկիչ ու պաշտպան:

Նախարարներին ու թագավորին
Կարդացին բուռըն, խիստ սպառնալիք,
Որ խնդրեն իրենց քաջ զորավարին,
Պատվով ու փառքով բերեն հայրենիք:

Եվ ավագանին նստեց խորհրդի,
Երեք փորձաշատ ծերեր ընտրեցին,
Որ թագավորի և ծերակույտի
Խնդիրը տանեն քաջ զորավարին:

Պատվիրակները հասան հոգնաբեկ,
Իշխանի առաջ կանգնեցին ոտի,
Ողջույններ տվին զորավարին սեգ
Եվ աղերսները մեծ ծերակույտի:

Զրույց էր անում զորավարը մեծ
Ընկերների հետ իր հավատարիմ,
Եվ պատմում էին հին արկածներից,
Հիշում մարտերը՝ վարած միասին:

Տարածեց ձեռքը իշխանը փութով,
Լռեց դահլիճը պերճ ապարանքի.
Պատվիրակները պատմեցին վշտով
Թշվառ վիճակը մայր հայրենիքի:

Լսում էր տխուր պատգամը նրանց,
Վարանմունքի մեջ վշտակոծ հոգին,
Վաղեմի քենը բռնկվեց հանկարծ
Եվ ձեռքը ժխտող տարածեց ուժգին:

Ռոխն օրեցօր մխրճվում է խոր,
Ուր ոտք է դնում՝ ավեր ու ավար,
Եվ ժողովուրդը վհատ ու մոլոր
Հնար է փնտրում, չի գտնում հնար:

—Մայրենի տաղով, հայրենի հողով
Կերթանք նրա մոտ մեր գուսանն ու ես,—
Ձայնում է ուժով մի ծեր շինական,—
Կբերենք նրան, նա չի լքի մեզ:

Եվ ժողովուրդը ուղի է դնում
Իր հին գուսանին և ծեր գեղջուկին.
—Ողջույններ տարեք, մեր սերը անհուն,
Նա չի մոռանա իր ժողովրդին:

Գնացին նրանք, սահմանը չանցած՝
Շինականն արտից առավ մի բուռ հող,
Լցրեց քսակը, և արագընթաց՝
Հասան իշխանի ապարանքը ճոխ:

Երեկո էր ուշ. կանթեղները լուռ
Նշույլում էին պերճ ձեղուններից,
Զորավարը հին՝ նստել էր տխուր,
Ընկերների հետ՝ մռայլ, թախծալից:

Տավիղն հինավուրց հանելով ուսից՝
Գուսանը կանգնեց դահլիճում մարմար,

Զարկեց լարերին թափով, խանդալից,
Եվ լեզու առավ տավիղն ոսկելար:

Հին հայրենիքի մեղեդիներն հին
Մեղմ կարկաչեցին առվակների պես.
Գուսանը վառման՝ երգեց սրտագին
Ճերմակ լեռների կատարները վես:

Արծըվի կանչը՝ ժայռի գագաթին,
Ծըփուն արտերի զմրուխտը պայծառ,
Վիթերի վազքը՝ կիրճերում մթին,
Հոտերը բարի՝ դաշտերում դալար:

Երգեց ձիերի խրխինջը խրոխտ
Հայրենի փոշոտ ճանապարհներում,
Խաղողը ոսկի, հնձանները հորդ,
Եվ խրճիթների ծուխը ոլորուն:

Երգեց սիրազեղ վարդ-աղջիկներին,
Որոնք կարոտով կանչում են նրան,
Երգում են նըրա փառքը սխրագին,
Որ շողշողում է արևի նման:

Մռայլ ճակատը դողդոջուն ձեռքին
Եվ աչքերը գոց՝ երազով տարված,
Լսում էր քաջը գուսանի երգին,
Լսում էր՝ սրտինականջը դըրած:

Ինչպե՜ս մայրենի խոսքերով անուշ
Կանչում են նրան, կանչում կարոտած.
Եվ վաղուց մեռած մոր ձայնը քնքուշ
Անհուն քաղցրությամբ լսում է հանկարծ:

Եվ թաց աչքերը սրբում է ափով.
Սակայն ծերունին քայլերով ամուր
Մոտեցավ, դրեց քսակը հողով
Իշխանի առաջ և կանգնեց անդորր:

Իշխանը սուզված նայում է անթարթ,
Անհագ հայացքով նայում է հողին,
Հողը խոսում է նրա սրտի հետ,
Եվ սիրտը նրա խոսում է հողին:

Հայրենի հողը քաշում է իրան,
Ինչքա՜ն ուժով է, ի՜նչ անպարտելի.
Եվ ինչպե՜ս քաղցրր հուշում է նրան
Վառ մանկությունը՝ երազներով լի:

Այդ հողն է նրան ծընել ու սընել,
Իր մայրն ու հայրը այդ հողն են դառել,
Եվ հայրենիքն է, ժողովուրդն անմեռ,
Եվ նախնիքները, որ հող են դառել:

Լսում է խորհին այդ անհուն ձայնին,
Մայր ժողովրդի կոչին դարավոր,
Օ՜, ինչքա՜ն ուժով քաշում է նըրան
Հայրենի հողի խորհուրդը հըզոր:

Եվ կարկառում է ձեռները դողդոջ,
Քսակը փոքրիկ վերցնում երկյուղաց,
Զգում է այնպես՝ թե աշխարհի ողջ
Գանձերը ունի ափի մեջ բռնած:

Աչքերը լցված սրտի արցունքով՝
Խոնարհում է հեզ գլուխն արքենի,
Եվ երեք անգամ անհուն կարոտով
Համբուրում է նա հողը հայրենի:

Եվ ապա ընդոստ կանգնում է ոտի,
Հեծնում հըրաբաշ նժույգը ռազմի,
Ընկերների հետ փառքի և վշտի
Սլանում է սուրբ հողը հայրենի:

ՈՐԴԻԱԿԱՆ ՍԵՐ

Մի մայր ուներ չորս հատ որդի:
Մեկը՝ ուսած, հռչակավոր,
Ուներ ամբիոն վարժապետի.
Սակայն մյուսը՝ կրոնավոր,
Մի քահանա սրբակենցաղ.
Եվ երրորդը՝ վաճառական,
Լայն ձեռնարկներ, մեծ առուծախ.
Իսկ վերջինը... թափառական,
Կարիքի մեջ՝ աղքատ ու խեղճ:

Երբ մահն եկավ, մայրը աստծուց
Շնորհ խնդրեց - տեսնել շիրմից,
Թե ինչպիսի՞ վերաբերում
Պիտ ունենա որդիներից:
Վարժապետը գրեց ներբող,
Աղոթք կարդաց սուրբ քահանան,
Եվ հարուստը նվիրեց փող.
Բայց հեզ որդին թափառական
Բեկված սիրտը մորը բերեց...

ՅԱՆԿ

www.ingramcontent.com/pod-product-compliance
Lightning Source LLC
Chambersburg PA
CBHW030526260626
47157CB00005B/1891
* 9 7 8 1 6 0 4 4 4 8 3 8 2 *